ALDOUS HUXLEY

ALDOUS HUXLEY

Amarelo-Cromo

tradução
Adriano Scandolara

BIBLIOTECA AZUL

Copyright desta edição © xxxxxxxxxxxxxxxxxxx
Copyright da tradução © Editora Globo S.A.

Todos os direitos reservados. Nenhuma parte desta edição pode ser utilizada ou reproduzida — em qualquer meio ou forma, seja mecânico ou eletrônico, fotocópia, gravação etc. — nem apropriada ou estocada em sistema de banco de dados sem a expressa autorização da editora. Texto fixado conforme as regras do Acordo Ortográfico da Língua Portuguesa (Decreto Legislativo nº 54, de 1995).

Título original: *Crome Yellow*

Editora responsável: Amanda Orlando
Editor-Assistente: Renan Castro
Preparação: Santiago Santos
Revisão: Fernanda Mourão
Diagramação: João Motta Jr.
Capa: Thiago Lacaz
Ilustração de capa: Catarina Bessell
Foto do autor: AP Photo/Imageplus

CIP-BRASIL. CATALOGAÇÃO NA PUBLICAÇÃO
SINDICATO NACIONAL DOS EDITORES DE LIVROS, RJ

H989a
    Huxley, Aldous, 1894-1963
    Amarelo-cromo / Aldous Huxley ; tradução Adriano Scandolara. - 1. ed.
- Rio de Janeiro : Biblioteca Azul, 2024.
    272 p. ; 21 cm.

    Tradução de: Crome yellow
    ISBN 978-65-5830-207-0

    1. Ficção inglesa. I. Scandolara, Adriano. II. Título

24-91935
                    CDD 823
                    CDU 82-3(410.1)

Leandra Felix da Cruz Candido - Bibliotecária - CRB-7/6135

1ª edição, 2024

Direitos exclusivos de edição em língua portuguesa para o Brasil adquiridos por
Editora Globo S.A.
Rua Marquês de Pombal, 25
Rio de Janeiro — RJ — 20230-240 — Brasil
www.globolivros.com.br

Capítulo I

Naquele trecho em particular da ferrovia, nenhum trem expresso jamais passara. Todos os trens locais — os poucos que lá havia — paravam em todas as estações. Denis sabia de cor o nome das estações. Bole, Tritton, Spavin Delawarr, Knipswich for Timpany, West Bowlby e, por fim, Camlet-on-the--Water. Camlet era onde sempre descia, deixando que o trem seguisse, rastejando com indolência, sabe-se lá para onde, rumo ao coração verdejante da Inglaterra.

Estavam saindo de West Bowlby naquele momento, bufando pelos trilhos. Denis deu graças que era a próxima estação. Pegou suas coisas da prateleira e empilhou tudo bem organizadinho no canto de frente para o seu. Um procedimento supérfluo. Mas é preciso arranjar algo para se fazer. Assim que terminou, afundou-se de volta no assento e fechou os olhos. Fazia um calor extremo.

Ai, aquela viagem! Duas horas extirpadas de sua vida, num corte limpo; duas horas nas quais havia tanta coisa que poderia ter realizado, tanta coisa — escrito o poema perfeito, por exemplo, ou lido aquele livro inspirador. Em vez disso, sentia-se prestes a vomitar com o cheiro das almofadas poeirentas contra as quais estava apoiado.

Duas horas. Cento e vinte minutos. Qualquer coisa poderia ser feita nesse tempo. Qualquer coisa. Coisa nenhuma. Ah, ele já tivera centenas de horas e o que fizera com elas? Desperdiçara tudo, derramara os minutos preciosos como se seu reservatório fosse inexaurível. Denis resmungava em espírito e condenava a si próprio, completamente, junto de todas as suas obras. Que direito tinha ele de se sentar sob o sol, de ocupar assentos de canto em vagões de terceira classe, de existir? Nenhum, nenhum, nenhum.

O pesar e uma aflição nostálgica sem nome o possuíam. Tinha vinte e três anos e, ai!, era tão consciente desse fato que lhe dava agonia.

Sacolejante, o trem parou. Por fim estava em Camlet. Denis se levantou num pulo, apertou a aba do chapéu sobre os olhos, desarrumou sua pilha de bagagens, inclinou-se para fora da janela e gritou, chamando um carregador, segurou uma mala em cada mão e precisou apoiá-las de novo no chão para abrir a porta. Quando enfim conseguiu se acomodar na plataforma, são e salvo com suas malas, saiu correndo na direção do último vagão do trem.

— Uma bicicleta, uma bicicleta! — pediu, ofegante, ao guarda. Sentia-se um homem de ação. O outro homem não prestou atenção alguma, mas continuou a entregar metodicamente, um por um, os pacotes etiquetados para Camlet.

— Uma bicicleta! — repetiu Denis. — Uma máquina verde, de quadro cruzado, em nome de Stone. S-t-o-n-e.

— Tudo a seu tempo, senhor — disse o guarda, em tom pacificador. Era um homem grande e majestoso, com uma barba naval. Dava para imaginá-lo em casa, tomando chá, cercado de uma família numerosa. Devia ser naquele mesmo tom que falava com seus filhos quando o aborreciam. — Tudo a seu tempo, senhor. — O homem de ação de Denis havia sido furado e esvaziava-se.

Ele deixou a bagagem para ser recolhida depois e saiu montado à bicicleta. Sempre a levava consigo quando visitava o interior. Era parte da teoria dos exercícios. Certo dia, a pessoa acordaria às seis da manhã e pedalaria até Kenilworth ou Stratford-on-Avon — qualquer lugar. E, dentro de um raio de trinta quilômetros, sempre haveria igrejas normandas e mansões Tudor para se ver ao longo da excursão de uma tarde. De algum modo, elas nunca eram vistas, mas ainda assim era bacana ter a sensação de que a bicicleta estava ali e que, numa bela manhã, seria possível, de verdade, acordar às seis horas.

Depois de alcançar o cume da longa colina que partia da estação Camlet, ele sentiu seu humor melhorar. O mundo, pensou, era bom. As colinas azuis distantes, as lavouras embranquecendo nos declives dos montes pelos quais a estrada o guiava, as paisagens descampadas que iam mudando conforme avançava — sim, tudo isso era bom. Ele se deslumbrava com a beleza daqueles vales profundamente encaixados, escavados nos flancos da serra sob seus pés. Curvas, curvas: ele repetia a palavra devagar, tentando, enquanto isso, encontrar algum termo com o qual exprimir sua apreciação. Curvas — não, era inadequado. Fez um gesto com a mão, como se conseguisse catar essa expressão desejada em pleno ar, e quase caiu da bicicleta. Qual era a palavra usada para descrever as curvas daqueles pequenos vales? Eram tão tênues quanto os contornos de um corpo humano, dotadas da sutileza da arte...

Galbe. Eis uma boa palavra, mas era em francês. *Le galbe évasé de ses hanches*[*]: será que alguém, alguma vez, já lera um romance francês sem que em suas páginas aparecesse essa expressão? Algum dia ele compilaria um dicionário para uso dos romancistas. *Galbe, gonflé, goulu: parfum, peau, pervers, potelé, pudeur: vertu, volupté.*[**]

O que precisava mesmo era encontrar aquela palavra. Curvas, curvas... Aqueles pequenos vales tinham os contornos de um bojo moldado em torno do seio de uma mulher; pareciam as marcas abauladas de algum imenso corpo divino que repousara naquelas colinas. Locuções desajeitadas, estas; mas, por meio delas, parecia se aproximar do que desejava. Abauladas, arredondadas, lobuladas — sua mente divagava por corredores repletos dos ecos de assonâncias e aliterações, cada vez mais e mais distante daquele ponto. Estava apaixonado pela beleza das palavras.

Tomando consciência mais uma vez do mundo exterior, viu-se no cume de uma ladeira. A estrada mergulhava num declive, íngreme e reta, rumo a um vale considerável. Lá, no declive oposto, um pouco acima do vale, estava Crome, seu destino. Freou; a vista de Crome era agradável, dava para se demorar nela. A fachada com suas três torres proeminentes erguia-se de maneira abrupta por entre as árvores escuras do jardim. A casa se refestelava sob o brilho pleno da luz do sol; os tijolos antigos cintilavam um brilho róseo. Que fruta madura e suntuosa ela era, como era soberbamente plácida! E, ao mesmo tempo,

---

[*] A curva larga de seus quadris. (N. E.)

[**] Curvilíneo, inchado, ganancioso: perfume, pele, perverso, rechonchudo, pudor: virtude, volúpia. (N. E.)

austera! A colina foi ficando mais e mais íngreme; ele ganhava velocidade apesar de apertar os freios. Soltou de vez os guidões e, no momento seguinte, precipitou-se temerariamente ladeira abaixo. Cinco minutos depois, passou pelo portão do grande pátio. A porta da frente estava aberta, um tanto hospitaleira. Deixou a bicicleta apoiada contra a parede e entrou. Pegaria todo mundo de surpresa.

Capítulo II

Ele não pegou ninguém de surpresa; não havia ninguém para surpreender. Estava tudo em silêncio; Denis vagou de cômodo vazio em cômodo vazio, olhando com prazer para a mobília e os retratos conhecidos, todos os pequenos e desorganizados sinais de vida espalhados aqui e ali. Estava um tanto contente de não ter ninguém em casa; era interessante vagar pelo seu interior como se estivesse explorando uma Pompeia morta e deserta. Que tipo de vida será que o escavador reconstruiria a partir daqueles resquícios? Como povoaria aqueles aposentos desabitados? Havia a galeria comprida, com suas fileiras de primitivos italianos, respeitáveis e (embora não se pudesse admitir em público, é claro) um tanto enfadonhos, suas esculturas chinesas, sua mobília comedida e atemporal. Havia a sala de visitas com os painéis de madeira, onde ficavam as imensas poltronas cobertas com chintz, oásis de conforto em meio às antiguidades austeras que mortificavam o corpo. Havia a sala de estar com janelas que recebiam o sol matutino, com suas paredes pálidas cor de limão, suas cadeiras venezianas pintadas e mesas rococó, seus espelhos, suas pinturas modernas. Havia a biblioteca, fresca, espaçosa e escura, forrada de livros do chão até o teto, repleta de obras portentosas em formato fólio. Havia a sala de jantar, inteiramente inglesa com seus tons de vinho do porto, sua grande mesa de mogno, suas cadeiras e aparador do século XVIII, suas pinturas do século XVIII — retratos de família, pinturas meticulosas de animais. O que seria possível reconstruir a partir desses dados? Havia muito de Henry Wimbush na galeria comprida e na biblioteca, talvez algo de Anne na sala de estar. Só isso. Em meio às acumulações de dez gerações, os vivos haviam deixado poucos resquícios.

Sobre a mesa da sala de estar, avistou um exemplar de seu próprio livro de poemas. Quanto tato! Ele o apanhou e abriu. Era o que os resenhistas chamam de "um volume delgado". Leu uns versos ao acaso:

[...] Mas silêncio e treva alta,
Na luz do Luna Park salta
E Blackpool na noite escura
Cava, acesa, a sepultura.

Repousou o livro de novo, balançou a cabeça e suspirou. "Que gênio eu possuía nessa época!", refletiu, ecoando o velho Swift[*]. Já fazia quase seis meses que o livro fora publicado; contentava-se em saber que jamais escreveria algo similar. Quem será que o andaria lendo?, pensou. Anne, talvez; aquele pensamento o agradava. Talvez, também, ela tivesse enfim se reconhecido na hamadríade da mudinha de

---

[*] Referência a Johnathan Swift, autor de *As viagens de Gulliver*, em seu conto "A história de um tonel".

álamo; a esguia hamadríade cujos movimentos eram como o bamboleio de uma árvore jovem ao vento. "A mulher que era uma árvore", era como batizara o poema. Dera-lhe o livro quando saiu, com a esperança de que o poema lhe dissesse o que ele não ousara dizer. Ela nunca mencionara nada.

Fechou os olhos e teve uma visão dela numa capa vermelha de veludo, entrando, provocante, no restaurantinho onde às vezes jantavam juntos em Londres — quarenta e cinco minutos de atraso, e ele à mesa, atormentado de ansiedade, irritação, fome. Ai, que mulher maldita!

Ocorreu-lhe que talvez a anfitriã estivesse em seu *boudoir*. Era uma possibilidade; ele iria conferir. O *boudoir* da sra. Wimbush ficava na torre central da frente do jardim. Uma pequena escadaria em espiral chegava lá a partir do hall de entrada. Denis subiu e bateu à porta:

— Pode entrar.

Ah, lá estava ela; preferia que não estivesse. Abriu a porta.

Priscilla Wimbush estava deitada no sofá. Um bloco de papel mata-borrão repousava em seus joelhos e ela chupava pensativamente a ponta de um lápis prateado.

— Olá — disse ela, voltando o olhar para cima. — Tinha esquecido que você vinha.

— Bem, receio que cá estou eu — disse Denis, depreciando-se. — Lamento profundamente.

A sra. Wimbush deu uma risada. Sua voz e sua risada eram graves e masculinas. Tudo a seu respeito era masculino. Tinha um rosto grande, quadrado, de meia-idade, do qual projetava-se um imenso nariz e dois olhinhos verdes, e o conjunto da obra era complementado por uma cabeleira altiva e elaborada num tom laranja peculiarmente improvável. Olhando para ela, Denis sempre pensava em Wilkie Bard fazendo a cantatriz:

É por isso que eu vou
Cantar n'ópera, cantar n'ópera
Cantar n'o-pop-pop-pop-pópera.

Ela usava um vestido de seda roxo de colarinho alto e com um cordão de pérolas. O traje, tão típico de viúva rica, tão sugestivo da Família Real, fazia com que ela parecesse, mais do que nunca, ter saído dos *vaudevilles*.

— O que você andou fazendo todo esse tempo? — perguntou ela.

— Bem — disse Denis e hesitou, de um jeito quase voluptuoso. Ele tinha um relato tremendamente divertido de Londres e seus acontecimentos já pronto e engatilhado na cabeça. Seria um prazer dar-lhe voz. — Para começo de conversa… — começou.

Só que já era tarde demais. A pergunta da sra. Wimbush fora o que os gramáticos chamam de retórica; não estava atrás de resposta alguma. Era um pequeno floreio conversacional, um estratagema no jogo da boa educação.

— Você me pegou ocupada com os meus horóscopos — disse ela, sem se dar conta de que o havia interrompido.

Um pouco contrariado, Denis decidiu reservar sua história para ouvidos mais receptivos. Como forma de vingança, se contentou em dizer "Oh?", num tom de voz um tanto frio.

— Acaso já lhe contei como ganhei quatrocentas pratas no Grand National este ano?

— Sim — respondeu, ainda frígido e monossilábico. Ela já devia ter-lhe contado essa história umas seis vezes, pelo menos.

— Que maravilha, não? Está tudo nas Estrelas. No Passado, antes de as Estrelas me ajudarem, eu costumava perder aos milhares. Agora — ela fez uma pausa de um instante —, bem, olha esses quatrocentos no Grand National. Obra das Estrelas.

Denis teria adorado ouvir mais sobre o Passado. Mas era discreto demais e, pior ainda, tímido demais para perguntar. Algo como uma briga havia ocorrido; era tudo que sabia. A velha Priscilla — não tão velha à época, claro, e mais vivaz — perdera muito dinheiro, despejara aos punhados e catadupas em cada pista de corrida no país. Também havia apostado. Quantos milhares, isso variava de acordo com as diferentes lendas, mas todas jogavam o número bem lá em cima. Henry Wimbush foi obrigado a vender alguns de seus primitivos — um Taddeo da Poggibonsi, um Amico di Taddeo e quatro ou cinco sienenses anônimos — para os americanos. Houve uma crise. Pela primeira vez em sua vida, Henry estava sendo assertivo, e com bom efeito, pelo visto.

A existência alegre e perambulante de Priscilla chegara a um fim súbito. Atualmente, passava quase todo o tempo em Crome, cultivando uma moléstia um tanto indistinta. Para consolar-se, flertava com o Novo Pensamento e o Ocultismo. Sua paixão pelas corridas ainda a possuía, e Henry, que lá no fundo era um sujeito de bom coração, lhe dava uma mesada de quarenta libras para jogar. A maior parte dos dias de Priscilla transcorriam fazendo horóscopos dos cavalos, e ela investia seu dinheiro com precisão científica, conforme ditado pelos Astros. Apostava em futebol também, e possuía um grande caderno no qual registrava os horóscopos de todos os jogadores em todos os times da Liga. O processo de contrabalancear os horóscopos de dois grupos de onze, um contra o outro, era bastante delicado e difícil. Uma partida entre o Spurs e o Villa acarretava um conflito nos céus tão vasto e tão complexo que não era de se estranhar que, vez ou outra, ela se equivocasse quanto ao resultado.

— Que pena que você não acredita nessas coisas, Denis, que pena — disse a sra. Wimbush com sua voz grave e distinta.

— Não posso dizer que lamento.

— Ah, é porque você não sabe como é ter fé. Não faz ideia do quanto a vida fica divertida e emocionante quando se crê. Tudo que acontece tem algum significado; nada que fazemos jamais é insignificante. Deixa a vida tão alegre, sabe? Aqui estou eu em Crome. Um marasmo feito água de fosso, você imaginaria; mas não, eu não acho isso. Não lamento nem um pouco pelo Passado. Tenho as Estrelas… — Ela apanhou a folha que estava sob o mata-borrão. — O horóscopo de Inman — explicou. — *Pensei que seria interessante fazer uma fezinha no campeonato de bilhar, neste outono* — sussurrou. — Tenho o Infinito com o qual me sintonizar. — Ela acenou com a mão. — E também tem o outro mundo e todos os espíritos, e a Aura da pessoa, e a sra. Eddy e dizer que você não está doente, os Mistérios Cristãos e a sra. Besant. É tudo esplêndido. Não tem um momento de marasmo. Não consigo imaginar como eu sobrevivia antigamente, no Passado. Prazer?… Correr em círculos, era só isso; correr em círculos. Almoços, chás, jantares, teatros, ceias, todos os dias. Foi divertido, claro, enquanto durou. Mas não sobrou muito disso depois. Tem um comentário bem bom sobre isso no livro novo de Barbecue-Smith. Onde está?

Ela se sentou ereta e alcançou um livro que repousava sobre a mesinha próxima à cabeceira do sofá.

— Você o conhece, aliás? — perguntou.

— Quem?

— O sr. Barbecue-Smith.

Denis tinha uma vaga ideia de quem era, um dos nomes da edição dominical dos jornais. Escrevia sobre Conduta de Vida. Talvez até fosse o autor de *O que uma jovem menina precisa saber*.

— Não, não pessoalmente — disse ele.

— Eu o convidei para o próximo fim de semana. — Ela virava as páginas do livro. — Aqui está o trecho que eu tinha em mente. Deixei marcado. Sempre marco as coisas de que gosto.

Segurando o livro quase com o braço estirado, pois tinha um pouco de hipermetropia, e fazendo alguns gestos adequados com a mão livre, ela começou a ler, lenta e dramaticamente:

—"O que são casacos de pele de mil libras, o que são rendas fixas de um quarto de milhão?" — Ela ergueu os olhos da página com um movimento histriônico da cabeça, fazendo sua cabeleira laranja balançar portentosamente. Denis a admirou, fascinado. Será que era a Coisa de Verdade, pintada com henna, perguntava-se, ou será que era uma daquelas Transformações Completas que se vê nos anúncios?

— "O que são Tronos e Cetros?"

Amarelo-cromo 17

A Transformação laranja — sim, devia ser isso — subiu de novo.

— "O que são as alegrias dos Ricos, os esplendores dos Poderosos, o que é o orgulho dos Grandiosos, o que são os prazeres espalhafatosos da Alta Sociedade?"

A voz, que subira de tom, inquisidoramente, frase a frase, de súbito declinou para dar a resposta estrondosa:

— "Não são nada. Vaidade, banalidade, sementes de dente-de-leão ao vento, vapores insubstanciais da febre. As coisas que importam acontecem no coração. O que se vê é doce, mas o que não se vê é mil vezes mais significativo. É o Invisível que conta na Vida".

A sra. Wimbush abaixou o livro:

— Lindo, não? — disse.

Denis preferiu não arriscar uma opinião, mas pronunciou um "Hum" evasivo.

— Ah, é um belo livro este aqui, um lindo livro — disse Priscilla, enquanto deixava as páginas virarem, uma por uma, sob o dedão. — E ainda tem o trecho da Piscina de Lótus. Ele compara a Alma a uma Piscina de Lótus, sabe. — Ela ergueu o livro mais uma vez e leu. — "Um Amigo meu tem uma Piscina de Lótus no jardim. Fica num valezinho encimado por rosas silvestres e madressilvas feito um caramanchão, entre às quais o rouxinol derrama a sua melodia amorosa ao longo de todo o verão. Dentro da piscina, as flores de Lótus desabrocham, e as aves do ar se aproximam para beber e se banhar nas suas águas cristalinas…" Ah, e isso me lembra — exclamou Priscilla, fechando o livro com um estalo e dando aquela sua risada grave e imensa —, isso me lembra das coisas que andam acontecendo na nossa piscina desde a última vez em que você esteve por aqui.

Demos ao pessoal da vila permissão para virem se banhar aqui nos fins de tarde. Você não faz ideia das coisas que aconteceram.

Ela se inclinou para frente, pronunciando-se com um sussurro confidencial; de vez em quando soltava um gorgolejo grave de risada.

— ... homens e mulheres banhando-se juntos... vi pela janela... mandei buscar um par de binóculos para ter certeza... sem dúvida... — Os risos irromperam outra vez. Denis também deu risada. Barbecue-Smith foi arremessado no chão.

— É hora de irmos ver se o chá está pronto — disse Priscilla. Ela se içou do sofá e saiu, atravessando o cômodo, farfalhante, com passos largos sob a seda que arrastava atrás de si. Denis a seguiu, cantarolando baixinho para si mesmo:

É por isso que eu vou
Cantar n'ópera, cantar n'ópera
Cantar n'o-pop-pop-pop-pópera.

E aí aquele trechinho da guinada do acompanhamento no final: "rá-rá".

Capítulo III

O pátio em frente à casa era uma longa e estreita faixa de grama, delimitada nas margens por uma graciosa balaustrada de pedra. Dois pequenos quiosques feitos de tijolos ficavam nas duas extremidades. Sob a casa, o terreno descia num declive bastante íngreme, e o pátio ficava numa parte notavelmente elevada; dos balaústres até o gramado íngreme lá embaixo dava uma queda de nove metros. Visto lá de baixo, o muro alto e contínuo, construído de tijolos, assim como a casa, apresentava aquele aspecto quase ameaçador de uma fortificação — o bastião de um castelo, de cujo parapeito dava para perscrutar as profundezas aéreas em lonjuras no nível dos olhos. Lá embaixo, em primeiro plano, cercada pelas massas sólidas de teixos bem torneados, ficava a piscina com a beirada de pedra. Além dela, estendia-se o parque, com seus olmos imensos, seus prados verdejantes e amplos; ao pé do vale, cintilava o rio estreito. Do outro lado do córrego, o terreno subia de novo numa longa inclinação, sarapintada de torrões de terra cultivada. Ao se olhar para cima do vale, à direita, dava para ver um contorno de colinas distantes e azuladas.

A mesa de chá fora instalada à sombra de um dos quiosques, e o restante do grupo já estava reunido ao seu redor quando Denis e Priscilla deram as caras. Henry Wimbush havia começado a servir o chá. Era um daqueles homens atemporais, imutáveis, caminhando para os sessenta, mas que poderia ser um trintão, poderia ser qualquer coisa. Denis o conhecia quase desde quando podia lembrar-se. Ao longo de todos aqueles anos, seu rosto pálido e até bonito jamais envelhecera; era como o chapéu-coco cinza-claro que sempre usava, fosse inverno ou verão — atemporal, calmo, serenamente inexpressivo.

Ao seu lado, mas separado dele e do restante do mundo pelas barreiras quase impenetráveis de sua surdez, sentava-se Jenny Mullion. Talvez tivesse trinta anos, com um nariz torto e uma cútis rosa e branca, e gostava de deixar o cabelo castanho trançado e enrolado em dois coques laterais acima das orelhas. Na torre secreta de sua surdez, ela se sentava à parte e olhava, condescendente, para o mundo por meio de olhos aguçados e penetrantes. O que pensava a respeito dos homens, das mulheres e das coisas? Denis jamais conseguira descobrir. Em sua distância enigmática, Jenny era um tanto inquietante. Mesmo naquele momento parecia se divertir com alguma piada interior, pois sorria para si mesma, e os olhos castanhos eram como duas bolinhas de gude redondas e bem brilhantes.

Do seu outro lado, a inocência séria e algo lunar do rosto de Mary Bracegirdle brilhava rosada e infantil. Tinha quase vinte e três anos, mas seria difícil adivinhar. Seu cabelo curto, com corte de tigela, pendia no formato de um sino de ouro elástico na altura de suas bochechas. Tinha grandes olhos azuis de porcelana, cuja expressão era de sinceridade ingênua e muitas vezes perplexa.

Ao lado de Mary, sentava-se um homenzinho macilento, com a postura rígida e ereta na cadeira. Em aparência, o sr. Scogan era como um daqueles pássaros-lagartos extintos do Terciário. Tinha o nariz em bico, os olhos pretos dotados da vivacidade reluzente de um tordo. Mas não havia nada de macio, gracioso ou emplumado a seu respeito. A pele de seu rosto enrugado e moreno tinha um aspecto ressecado e escamoso; suas mãos eram as patas de um crocodilo. Seus movimentos eram marcados pela velocidade perturbadoramente brusca e mecânica de um lagarto; seu jeito de falar era tênue, musical e ríspido. Colega de classe de Henry Wimbush, com a mesmíssima idade, o sr. Scogan parecia muito mais velho e, ao mesmo tempo, muito mais jovial do que aquele aristocrata gentil com o rosto de um chapéu-coco cinzento.

O sr. Scogan podia parecer um sáurio extinto, mas Gombauld era humano, ao todo e em essência. Nas histórias naturais à moda antiga da década de 1830, talvez pudesse ter aparecido numa gravura de metal como um tipo de *Homo sapiens* — uma honraria que, àquela época, comumente sobrava para Lorde Byron. De fato, com um pouco mais de cabelo e um pouco menos de colarinho, Gombauld seria completamente byroniano — até mesmo mais que byroniano, pois Gombauld era de ascendência provençal, um jovem corsário de cabelos pretos e trinta anos de idade, dentes brilhantes e grandes olhos escuros e luminosos. Denis olhava para ele com inveja. Invejava seu talento; ah, se pudesse escrever versos com o mesmo talento que Gombauld pintava quadros! Mais ainda, naquele momento, tinha inveja da aparência, da vitalidade e da confiança tranquila em portar-se de Gombauld. Era mesmo surpreendente que Anne gostasse dele? Gostasse? Poderia até ser algo pior, refletia Denis, amargurado, enquanto caminhava ao lado de Priscilla, descendo o longo quintal coberto de grama.

Entre Gombauld e o sr. Scogan, uma espreguiçadeira bastante reclinada apresentava suas costas aos recém-chegados conforme avançavam até a mesa do chá. Gombauld se inclinava sobre ela; seu rosto se mexia com vivacidade; sorria, dava risada, fazia gestos ligeiros com as mãos. Das profundezas da cadeira subiu um som de risada suave e preguiçosa. Denis tomou um susto ao ouvi-la. Aquela risada — como a conhecia bem! As emoções que ela evocava! Apertou o passo.

Anne estava mais deitada do que sentada na espreguiçadeira. Seu corpo longo e esguio repousava numa atitude de graciosidade indolente e *blasé*. Na moldura do cabelo castanho-claro, seu rosto tinha uma regularidade bonita que era quase de boneca. E, de fato, havia momentos em que ela parecia não ser nada mais que uma boneca; quando o rosto oval, com os olhos de um azul pálido e cílios longos, não expressava coisa alguma; quando não passava de uma máscara preguiçosa de cera. Era a própria sobrinha de Henry Wimbush; aquele semblante de chapéu-coco era uma das heranças dos Wimbush; um legado familiar que se manifestava nos membros femininos na forma de um rosto inexpressivo de boneca. Mas, por cima dessa máscara artificial, como uma melodia alegre que dança sobre uma linha de baixo fundamental e imutável, transparecia a outra característica que Anne herdara da família — o riso ligeiro, o divertimento leve e irônico, as expressões mutáveis de muitos humores. Ela sorria enquanto Denis a olhava: seu sorriso de gata, como ele o chamava sem nenhum bom motivo. A boca estava comprimida e, nos dois cantos dela, duas rugas minúsculas haviam se formado nas bochechas. Uma infinidade de gracejos levemente maliciosos espreitavam naquelas dobrinhas, na contração daqueles olhos semicerrados, nos olhos em si, brilhantes e risonhos sob as pálpebras estreitas.

Pronunciadas as saudações preliminares, Denis encontrou uma cadeira vazia entre Gombauld e Jenny, depois sentou-se.

— Como está, Jenny? — gritou Denis para a mulher.

Jenny acenou com a cabeça e sorriu num silêncio misterioso, como se o assunto de seu estado de saúde fosse um segredo que não pudesse divulgar em público.

— Como é que Londres tem estado desde que fui embora? — perguntou Anne, das profundezas de sua cadeira.

Havia chegado o momento; a narrativa tremendamente divertida estava só esperando por isso para ganhar voz:

— Bem — disse Denis, com um sorriso feliz —, para começo de conversa...

— Por acaso Priscilla já lhe contou de nosso grande achado? Das antiguidades? — Henry Wimbush se inclinou para frente; o botão mais promissor foi podado antes de desabrochar.

— Para começo de conversa — disse Denis, desesperado —, teve o balé...

— Na semana passada — prosseguiu o sr. Wimbush, suave e implacável —, escavamos cinquenta metros de canos de escoamento de carvalho; só isso mesmo, troncos de árvore com um buraco passando no meio. É deveras interessante. Não se sabe se foram instalados pelos monges no século xv ou se...

Denis escutava, taciturno.

— Extraordinário! — disse ele, assim que o sr. Wimbush terminou. — Bastante extraordinário!

Serviu-se de outra fatia de bolo. Nem queria mais contar a sua história de Londres; tinha desanimado.

Fazia um tempo que os olhos azuis e severos de Mary estavam fixados nele:

— O que você anda escrevendo? — perguntou ela. — Seria bacana ter uma conversinha literária.

— Ah, verso e prosa — disse Denis —, só verso e prosa.

— Prosa? — O sr. Scogan reagiu sobressaltado à palavra. — Anda escrevendo prosa?

— Sim.

— Mas não um romance?

— Sim.

— Denis, coitadinho! — exclamou o sr. Scogan. — Sobre o que é?

Denis sentiu-se um tanto desconfortável.

— Ah, sobre as coisas de sempre, sabe.

— Claro — resmungou o sr. Scogan. — Descreverei o enredo para você. O pequeno Percy, nosso herói, nunca foi bom com jogos, mas sempre foi esperto. Ele passa pela escola pública de sempre e a universidade de sempre e chega a Londres, onde convive com artistas. Sente o fardo de um humor melancólico, carrega o peso inteiro do universo sobre os ombros. Escreve um romance dotado de um brilhantismo atordoante. Tem experiências delicadas com o

Amour e, ao término do livro, desaparece rumo a um Futuro luminoso.

Denis corou de ficar escarlate. O sr. Scogan havia descrito o esquema do seu romance com uma precisão estarrecedora. Foi necessário fazer um esforço para dar risada:

— Está inteiramente equivocado — disse Denis. — Meu romance não é nem um pouco assim. — Era uma mentira heroica. Por sorte, refletiu, apenas dois capítulos haviam sido escritos. Assim que desfizesse as malas naquela noite, iria rasgá-los.

O sr. Scogan não prestou a menor atenção à sua negação e seguiu em frente:

— Por que é que vocês jovens continuam escrevendo sobre coisas tão completamente desinteressantes quanto a mentalidade de adolescentes e artistas? Talvez os antropólogos profissionais achem interessante dar um tempo no trabalho com as crenças dos aborígenes para se debruçar sobre as preocupações filosóficas dos graduandos. Mas não se pode esperar que um adulto ordinário, como eu mesmo, fique muito comovido com a história dos tormentos espirituais de um indivíduo desses. E, afinal de contas, na Inglaterra, e até mesmo na Alemanha e na Rússia, existem mais adultos do que adolescentes. Quanto ao artista, suas preocupações são com problemas tão completamente distintos daqueles que o adulto ordinário enfrenta (problemas de estética pura, que não se fazem lá tão presentes para pessoas como eu), que a descrição de seus processos mentais é tão tediosa para o leitor ordinário quanto a matemática pura. Um livro sério sobre artistas enquanto artistas é ilegível; e um livro sobre artistas enquanto amantes, maridos, dipsomaníacos, heróis e afins não vale a pena ser escrito mais uma vez. Jean-Christophe é o artista prototípico da literatura, assim como o professor Radium, da revistinha *Comic Cuts,* é o homem prototípico da ciência.

— Sinto muito por saber que sou tão desinteressante assim — disse Gombauld.

— De forma alguma, meu caro Gombauld — apressou-se o sr. Scogan a explicar. — Enquanto amante ou dipsomaníaco, não tenho dúvida de que é um espécime dos mais fascinantes. Mas enquanto combinador de formas, o senhor precisa admitir honestamente que é um chato.

— Discordo de você em gênero, número e grau — exclamou Mary. — Estava sempre meio resfolegante ao falar, por algum motivo, e seu discurso era pontuado por pequenos suspiros. — Já conheci muitos artistas e sempre achei a mentalidade deles das mais interessantes. Ainda mais em Paris. Tschuplitski, por exemplo... eu vi muito Tschuplitski em Paris nesta primavera...

— Ah, pois então você é uma exceção, Mary, é uma exceção — disse o sr. Scogan. — Você é uma *femme supérieure.*

Um rubor de prazer transformou o rosto de Mary numa lua cheia de outono.

Capítulo IV

Denis despertou na manhã seguinte e encontrou o sol brilhando e o céu sereno. Decidiu usar suas calças de flanela branca — calças de flanela branca e um paletó preto, com uma camisa de seda e a sua nova gravata cor de pêssego. E quanto aos sapatos? O branco era a opção mais óbvia, mas havia algo um tanto agradável em considerar couro preto envernizado. Ficou deitado na cama por vários minutos, refletindo sobre essa questão.

Antes de descer — o preto de couro envernizado acabou sendo sua decisão final —, ele lançou um olhar crítico para si mesmo no espelho. O cabelo poderia ter um tom mais dourado, refletiu. Do jeito que estava, o amarelo puxava para o verde. Mas a testa era bonita. A testa compensava em altura o que lhe faltava de proeminência no queixo. O nariz poderia ser maior, mas dava para o gasto. Os olhos poderiam ser azuis, não verdes. Mas o paletó tinha um talhe ótimo e um enchimento discreto que o fazia parecer mais robusto do que de fato era. As pernas, em seu invólucro branco, eram longas e elegantes. Satisfeito, desceu as escadas. A maior parte do grupo já havia terminado o café da manhã. Ele se flagrou a sós com Jenny.

— Espero que tenha dormido bem — disse ele.

— Sim, não é maravilhoso esse lugar? — respondeu Jenny, fazendo dois meneios rápidos com a cabeça. — Mas tivemos umas tempestades de raios tão medonhas na semana passada.

Linhas retas em paralelo, refletiu Denis, se encontram apenas no infinito. Ele poderia discutir poesia por toda a eternidade, e ela meteorologia até o fim dos tempos. Será que alguma vez alguém chegou a estabelecer contato com outra pessoa? Somos todos linhas retas em paralelo. Jenny só era um pouco mais paralela do que a maioria.

— São muito preocupantes, essas tempestades — disse ele, servindo-se de mingau. — Não acha? Ou você é do tipo que não se deixa abalar?

— Não. Sempre vou deitar quando cai raio. É mais seguro estar deitada.

— Por quê?

— Porque — disse Jenny, com um gesto descritivo —, porque o raio desce de cima para baixo e não na horizontal. Quando se está deitado, você fica fora da corrente.

— Que engenhoso.

— De fato.

Fez-se um silêncio. Denis terminou o mingau e serviu-se do bacon. Por falta de outra coisa melhor para dizer, e porque a expressão absurda do sr. Scogan, por algum motivo, ainda estava presa em sua cabeça, ele se voltou para Jenny e disse:

— Você se considera uma *femme supériere*? — Precisou repetir a pergunta várias vezes até Jenny conseguir entender.

— Não — disse ela, um tanto indignada, após finalmente escutar o que Denis estava dizendo. — Com certeza, não. Por acaso alguém andou sugerindo que eu seja?

— Não — disse Denis. — O sr. Scogan falou para Mary que ela era uma.

— Ah, foi? — Jenny baixou a voz. — Devo contar para você o que eu acho daquele homem? Acho que há um quê de sinistro nele.

Tendo feito esse pronunciamento, ela adentrou a torre de marfim de sua surdez e fechou a porta. Denis não conseguiu induzi-la a dizer mais nada, nem mesmo a ouvir. Ela só sorria para ele, sorria e, de vez em quando, fazia que sim com a cabeça.

Denis saiu para o terraço para fumar o seu cachimbo pós-café e ler o jornal matinal. Uma hora depois, assim que Anne desceu, encontrou-o lendo ainda. A essa altura, ele já havia chegado à Circular da Corte e aos Casamentos Vindouros. Ele se levantou para cumprimentá-la enquanto se aproximava, uma hamadríade de musselina branca, atravessando o gramado.

— Ora, Denis — exclamou ela —, você está perfeitamente meigo com essas calças brancas.

Denis sofreu aí um abalo pavoroso. Não havia réplica possível.

— Você fala como se eu fosse uma criança de roupinha nova — disse ele, demonstrando irritação.

— Mas é assim que eu me sinto em relação a você, Denis querido.

— Pois não deveria.

— Mas não consigo evitar. Sou muito mais velha que você.

Amarelo-cromo 31

— Gosto disso — retrucou ele. — Quatro anos mais velha.

— E, se você fica de fato perfeitamente meigo com suas calças brancas, por que é que eu não deveria comentar? E por que botou essas calças, se não achava que ficaria meigo com elas?

— Vamos até o jardim — disse Denis.

Foi um balde de água fria; a conversa dera uma guinada tão ridícula e inesperada. Ele planejara começar de um jeito muito diferente, quebrando o gelo com: "Você está adorável nesta manhã" ou algo do tipo, e ela responderia: "Estou, é?", e haveria ali um silêncio fecundo. Mas agora fora ela quem começara com isso das calças. Era uma provocação; seu orgulho estava ferido.

A parte do jardim que descia da base do quintal até a piscina tinha uma beleza que não dependia tanto da cor quanto das formas. Era tão bonita à luz do luar quanto era sob o sol. O prateado da água e as silhuetas escuras dos teixos e azinheiras, em todas as horas e todas as estações, mantinham-se como as características dominantes da paisagem. Era uma paisagem em preto e branco. Para quem quisesse cor, tinha o jardim de flores; ficava de um dos lados da piscina, apartado dela por uma imensa e babilônica barreira de teixos. Passava-se por um túnel na sebe, abria-se uma portinhola na parede e, de repente, num susto e sem aviso, lá estava um mundo de cores. As fronteiras veranis queimavam e reluziam sob o sol. Contido em seus muros altos de tijolos, o jardim era como um grande tanque de calor, perfume e cor.

Denis segurou o portãozinho de ferro para sua companhia passar.

— É como ir de um claustro para um palácio oriental — observou ele e respirou fundo aquele ar morno, com cheiro de flores. — "Em salvas fragrantes disparam..." Como era o resto?

Que mira, Ó Fogueiros! Gentis,
Vossos Fogos gêmeos reunis;
Silvos que escapam aos Ouvidos,
Mas no Olho e olfato são sentidos...

— Você tem esse mau hábito de fazer citações — disse Anne. — Como nunca sei qual é o contexto ou o autor, é humilhante para mim.

Denis se desculpou:

— É culpa da nossa formação. As coisas, de algum modo, parecem mais reais e vívidas quando se é capaz de aplicar uma frase pronta de outra pessoa sobre o contexto dela. E tem também um monte de palavras e nomes maravilhosos... monofisismo, Jâmblico, Pomponazzi; é só trazê-los à tona, triunfantemente, que se tem a impressão de arrematar o argumento pela mera sonoridade mágica deles. É o que resulta da educação superior.

— Você bem pode lamentar a sua formação — disse Anne. — Eu fico envergonhada por não a ter. Olhe para esses girassóis. Não são magníficos?

— Rostos escuros e coroas de ouro... são reis na Etiópia. E gosto de como os chapins se agarram nas flores para catar as sementes, enquanto as aves broncas, cavoucando na imundície seu alimento, olham para cima do chão, invejosas. Será que elas olham para cima com inveja?

Receio que esse seja o toque literário. A formação, de novo. Sempre voltamos a isso. — Ele se calou.

Anne havia se sentado num banco que ficava à sombra de uma velha macieira.

— Estou prestando atenção — disse.

Ele não se sentou, mas caminhou de um lado para o outro diante do banco, gesticulando um pouco enquanto discorria:

— Livros — disse —, livros. Lemos tantos deles e vemos tão poucas pessoas e tão pouco do mundo. Grandes livros volumosos sobre o universo, a mente e a ética. Você não faz ideia de quantos há. Devo ter lido umas vinte ou trinta toneladas deles nos últimos cinco anos. Vinte toneladas de raciocínio. Carregados disso, somos então jogados no mundo.

Ele prosseguiu caminhando de um lado para o outro. Sua voz subia de volume, descia, calava-se por um momento e depois continuava falando. Ele mexia as mãos, às vezes acenava com os braços. Anne o observava e ouvia em silêncio, como se estivesse em uma palestra. Era um garoto agradável e naquele dia estava encantador — encantador!

— Entra-se no mundo — prosseguiu Denis — com ideias prontas sobre tudo. Tem-se uma filosofia e tenta-se fazer a vida encaixar nela. O certo seria viver primeiro e depois tentar fazer a filosofia encaixar na vida… A vida, os fatos, as coisas são horrivelmente complicadas; e as ideias, mesmo as mais difíceis, enganosamente simples. No mundo das ideias, tudo é claro; na vida, tudo é obscuro e emaranhado. Surpreende que o indivíduo fique assim, miserável, sofrendo com uma infelicidade horrível? — Denis fez uma pausa dramática na frente do banco e, enquanto fazia essa última pergunta, esticou os braços e os deixou parados por um instante, num gesto de crucificação, e depois deixou que eles caíssem ao lado do corpo.

— Meu pobre Denis! — Anne estava comovida. Ele estava, de fato, patético demais parado ali na frente dela com suas calças brancas de flanela. — Mas essas coisas causam sofrimento mesmo? Parecem-me bastante extraordinárias.

— Você é que nem Scogan — lamentou-se Denis, amargurado. — Me vê como um espécime para os antropólogos. Bem, imagino que eu seja isso mesmo.

— Não, não — protestou ela, e puxou a saia com um gesto que indicava que ele devia se sentar ao lado dela. Ele se sentou. — Por que você não pode só aceitar as coisas de um jeito espontâneo? — perguntou. — É tão mais simples.

— Claro que é — disse Denis. — Mas é uma lição que se aprende gradualmente. Tem vinte toneladas de raciocínio para se descartar antes disso.

— Eu sempre aceitei tudo na espontaneidade — disse Anne. — Parece tão óbvio. Aproveita-se as coisas agradáveis e evita-se as ruins. Não tem nada mais para se dizer.

— Nada... para você. Mas também, você é uma pagã de nascença. Já eu estou laboriosamente tentando me tornar um. Não consigo aceitar nada sem discutir, não consigo aproveitar nada do jeito que me chega. A beleza, o prazer, a arte, as mulheres... preciso inventar uma desculpa, uma justificativa para tudo que é prazeroso. Do contrário, não consigo aproveitar nada de consciência tranquila. Invento uma historinha sobre a beleza e finjo que tem algo a ver com o que é verdadeiro e bom. Preciso dizer que a arte é o processo por meio do qual se reconstrói a realidade divina a partir do caos. O prazer é uma das estradas místicas rumo à união com o infinito... os êxtases de beber, dançar, fazer amor. Quanto às mulheres, estou perpetuamente tentando me convencer de que são a vasta estrada para a divindade. E pensar que estou apenas começando a enxergar através da besteira que é isso tudo! É inacreditável, para mim, que qualquer um tenha conseguido escapar desses horrores.

— É ainda mais inacreditável para mim — disse Anne — que alguém tenha sido vítima deles. Eu gostaria de me imaginar acreditando que os homens são a estrada para a divindade. — O tom divertidamente malicioso de seu sorriso plantou duas dobrinhas nos cantos da boca, e os olhos, através das pálpebras semicerradas, reluziam de riso. — O que você precisa, Denis, é de uma bela esposa, jovem e fornida, uma renda fixa e um servicinho confortável, mas constante.

"O que eu preciso é de você". Era o que ele deveria ter retrucado, o que queria apaixonadamente dizer. Era incapaz de dizê-lo. O desejo relutava contra a timidez. "O que eu preciso é de você". Mentalmente, ele berrava as palavras, mas som nenhum irrompia de seus lábios. Olhou para ela com desespero. Será que ela não via o que acontecia em seu interior? Será que não conseguia compreender? "O que eu preciso é de você". Ele ia dizê-lo, ele ia — ele ia.

— Acho que eu vou me banhar — disse Anne. — Faz tanto calor.

Passara-se a oportunidade.

Capítulo V

O sr. Wimbush os levara para admirar as paisagens da fazenda da propriedade, e estavam os seis em pé — Henry Wimbush, o sr. Scogan, Denis, Gombauld, Anne e Mary — ao lado da mureta da pocilga, olhando um dos chiqueiros.

— Essa é uma boa porca — disse Henry Wimbush. — Acabou de ter uma ninhada de quatorze filhotes.

— Quatorze? — Mary repetiu, incrédula. Virou os olhos azuis estarrecidos para o sr. Wimbush e depois deixou que recaíssem sobre a massa fervilhante de *élan vital* que fermentava no chiqueiro.

Uma porca imensa repousava de lado no meio do redil. Sua barriga redonda e escura, franjada com uma linha dupla de tetas, se apresentava para a investida de um exército de pequenos suínos de cores pretas e pardacentas. Com uma voracidade frenética, eles puxavam os flancos da mãe. A velha porca se mexia às vezes, desconfortável, ou dava uns pequenos resmungos de dor. Um leitãozinho, o menor e mais fraco da ninhada, não conseguira garantir para si um lugar no banquete. Com um guincho estridente, corria de um lado para o outro, tentando abrir caminho entre seus irmãos mais fortes ou até mesmo subir em seus pequenos dorsos escuros e firmes para chegar ao reservatório materno.

— São, *sim*, quatorze — disse Mary. — Você tem razão mesmo. Eu contei. Que extraordinário.

— A porca vizinha — prosseguiu o sr. Wimbush — se saiu muito mal. Só teve cinco na sua ninhada. Eu lhe darei outra chance. Se ela não se sair melhor na próxima, vou engordá-la e matá-la. E ali está o cachaço — apontou um chiqueiro mais ao longe. — Um belo animal para a idade, não é? Mas já está passando do seu auge. Vamos ter que dar um jeito nele também.

— Quão cruel! — exclamou Anne.

— Mas quão prático, quão eminentemente realista! — disse o sr. Scogan. — Nesta fazenda, temos um modelo do que é um governo paternal sensato. Faz todo mundo procriar, trabalhar e, quando não der mais para trabalhar, cruzar ou parir, é só matar.

— A vida na fazenda parece ser só indecência e crueldade — disse Anne.

Com a virola de sua bengala, Denis começou a coçar as costas longas e espinhosas do cachaço. O animal se mexeu um pouco, de modo a se aproximar do instrumento que evocava nele tamanhas sensações deliciosas; depois ficou paradinho, dando grunhidos suaves de contentamento. O lodo dos anos caía de seus flancos, numa descamação cinza e poeirenta.

— Que prazer — disse Denis — prestar uma gentileza a alguém. Acredito que eu gosto de coçar este porco tanto quanto ele gosta de receber essa coçadinha. Se apenas sempre se fizessem gentilezas assim, tão pouco custosas…

Um dos portões bateu e veio o som de passos pesados.

— Bom dia, Rowley! — disse Henry Wimbush.

— Bom dia, senhor — respondeu o velho Rowley.

Era o mais venerável dos trabalhadores da fazenda — um homem alto e sólido, que ainda tinha uma coluna boa, costeletas grisalhas e um perfil pronunciado e digno. Severo e ponderoso em seus modos, esplendidamente respeitável, Rowley tinha os ares de um grande político inglês de meados do século XIX. Ele parou às margens do grupo e, por um momento, todos olharam para os porcos num silêncio que só era interrompido pelo som dos grunhidos ou o chapinhar dos cascos bruscos contra a lama. Rowley enfim se virou, nobre e lenta e ponderosamente, como era o seu jeito de fazer tudo, e dirigiu-se a Henry Wimbush:

— Olha para eles, senhor — disse, com um movimento da mão na direção dos porcos que chafurdavam. — É certo que se chamem porcos.

— É certo, de fato — concordou o sr. Wimbush.

— Fico desconcertado com esse homem — disse o sr. Scogan, enquanto o velho Rowley saía pisando a lama com passos lentos e dignos. — Quanta sabedoria, quanto juízo, que senso de valores! "É certo que se chamem suínos." Sim. E eu gostaria de poder dizer, com igual justiça, que "é certo que nos chamemos homens".

Seguiram em frente, até os currais das vacas e os estábulos dos cavalos das carroças. Cinco gansos brancos, alçando voo naquela bela manhã, cruzaram o caminho deles enquanto caminhavam. Hesitaram e grasnaram; depois, convertendo os pescoços erguidos em cobras rígidas e horizontais, dispararam fazendo um tumulto e soltando sibilos horrendos. Bezerros ruivos caminhavam com esforço em meio ao esterco e lama de um curral espaçoso. Em outro cercadinho, ficava o touro, imenso como uma locomotiva. Era um touro dos mais calmos, e seu rosto ostentava uma expressão de melancólica estupidez. Ele fitava os visitantes com olhos castanho-avermelhados, ruminava pensativamente as lembranças tangíveis de uma refeição anterior, engolia e regurgitava, depois mascava de novo. Sua cauda chicoteava com selvageria de um lado para o outro; parecia não ter nada a ver com o restante de sua massa impassível. Entre seus cornos curtos, havia um triângulo de cachos ruivos, curtos e densos.

— Que animal esplêndido — disse Henry Wimbush.

— De pedigree. Mas está ficando um tanto velho, assim como o cachaço.

— Vamos engordá-lo e matá-lo — pronunciou o sr. Scogan, com a precisão delicada de uma velha criada na articulação das palavras.

— Não dava para dar aos animais uma folga na produção de filhotes? — perguntou Anne. — Eu fico tão triste por esses coitadinhos.

O sr. Wimbush fez que não com a cabeça.

— Pessoalmente — disse —, eu gosto muito de ver quatorze porcos crescerem onde antes só havia um. É revigorante o espetáculo de tanta vitalidade grosseira.

— Fico feliz de ouvi-lo dizer isso — interrompeu Gombauld, com um tom de voz caloroso. — Muita vitalidade. É o que queremos. Eu gosto dessa pululação; tudo devia crescer e se multiplicar o máximo possível.

Gombauld ficou mais lírico. Todos deveriam ter filhos — Anne, Mary — às dúzias e dúzias. Ele enfatizava o argumento dando golpes de bengala contra o couro dos flancos do touro. O sr. Scogan deveria passar adiante a sua inteligência aos pequenos Scogans, e Denis aos pequenos Denis. O touro virou a cabeça para ver o que estava acontecendo, contemplou a bengala batucante durante vários segundos, depois virou-se de novo, satisfeito, ao que parecia, pelo fato de não ter nada acontecendo. Era odiosa a esterilidade, antinatural, um pecado contra a vida. Vida, vida e ainda mais vida. As costelas do touro plácido ressonavam.

Em pé, com as costas apoiadas na bomba d'água manual da fazenda, a alguma distância, Denis examinava o grupo. Gombauld, intenso e vivaz, era o centro. Os outros estavam ao redor dele, ouvindo-o — Henry Wimbush, calmo e educado sob seu chapéu-coco cinzento; Mary, com os lábios entreabertos e olhos que brilhavam com a revolta de uma defensora convicta da contracepção. Anne olhava através dos olhos apertados, sorridente; e ao seu lado estava o sr. Scogan, ereto, com uma atitude de rigidez metálica que fazia um estranho contraste com aquela graciosidade fluida dela, que até mesmo na imobilidade sugeria um movimento suave.

Gombauld parou de falar, e Mary, ruborizando de indignação, abriu a boca para refutá-lo. Mas havia demorado demais. Antes que conseguisse expressar uma única palavra, a voz aflautada do sr. Scogan pronunciara as frases de abertura de um discurso. Não havia a menor esperança de conseguir brecha para uma única palavra que fosse; inevitavelmente, Mary precisou resignar-se.

— Mesmo a sua eloquência, meu caro Gombauld — começou a falar —, mesmo a sua eloquência há de se provar inadequada para reconverter o mundo à crença nos deleites da mera multiplicação. Junto com o gramofone, o cinema e a pistola automática, a deusa da Ciência

Aplicada presenteou o mundo com outra de suas dádivas, ainda mais preciosa que esses exemplos... os meios de dissociar o amor da propagação. Eros, para aqueles que o desejam, é agora um deus inteiramente livre; suas associações deploráveis com Lucina podem ser interrompidas à vontade. Ao longo dos próximos séculos, quem sabe? Talvez o mundo seja testemunha de uma ruptura mais completa. Aguardo esse acontecimento com otimismo. Em que o grande Erasmus Darwin e o cisne de Lichfield, a srta. Anna Seward, fizeram seus experimentos (e fracassaram, apesar do fervor científico), nossos descendentes farão os experimentos e serão bem-sucedidos. A procriação impessoal tomará o lugar do sistema hediondo da Natureza. Em vastas incubadoras do Estado, fileiras e fileiras de garrafas grávidas fornecerão ao mundo a população necessária. O sistema familiar há de desaparecer; a sociedade, minada em suas próprias bases, terá que encontrar novas fundações; e Eros, bela e irresponsavelmente livre, sairá rodopiando pelos ares como uma borboleta alegre, de flor em flor, pelo mundo iluminado pelo sol.

— Parece lindo — disse Anne.

— O futuro distante sempre parece.

Os olhos azuis de porcelana de Mary, mais sérios e mais estarrecidos do que nunca, estavam fixos no sr. Scogan:

— Garrafas? — disse ela. — Você acha mesmo isso? Garrafas...

Capítulo VI

O sr. Barbecue-Smith chegou a tempo do chá da tarde de sábado. Era um homem corpulento e baixinho, com uma cabeça imensa e sem pescoço. No princípio de sua meia-idade, a ausência do pescoço o deixara incomodado, mas ficou reconfortado ao ler, no *Louis Lambert* de Balzac, que todos os grandes homens do mundo eram marcados por essa mesma peculiaridade, e por um motivo simples e óbvio: a grandiosidade não é nada mais, nada menos, do que o funcionamento harmonioso das faculdades da cabeça e do coração; quanto mais curto o pescoço, maior a proximidade entre esses dois órgãos; portanto... Bem, era convincente.

O sr. Barbecue-Smith pertencia à velha guarda dos jornalistas. Ostentava uma cabeça leonina com uma juba cinzenta escura de cabelos estranhamente insossos, escovados para trás a partir de uma testa larga, porém rebaixada. E, de algum modo, parecia estar sempre um pouco, sempre um pouquinho, ensebado. Nos dias de juventude, teria se referido a si mesmo jovialmente como um boêmio. Mas não fazia mais isso. Era professor agora, um tipo de profeta. Alguns de seus livros de conforto e ensinamentos espirituais já tinham alcançado a tiragem de cento e vinte mil exemplares.

Priscilla o recebeu com todos os gestos da boa consideração. Ele jamais estivera em Crome; ela apresentou a casa. O sr. Barbecue-Smith transbordava de admiração:

— Tudo tão singular, tão velho mundo — ele não parava de repetir. Tinha uma voz texturizada, um tanto untuosa.

Priscilla elogiou seu último livro:

— Achei esplêndido — disse, daquele seu jeito expansivo e bonachão.

— Fico feliz por você ter encontrado conforto nele — respondeu o sr. Barbecue-Smith.

— Ah, tremendamente! E aquele trecho da Piscina de Lótus… achei tão lindo.

— Sabia que você ia gostar. Foi algo que me veio, sabe, de fora. — Ele gesticulou com a mão para indicar o mundo astral.

Foram ao jardim para tomar chá. O sr. Barbecue-Smith foi devidamente apresentado.

— O sr. Stone também é escritor — disse Priscilla, ao apresentar Denis.

— Veja só! — O Sr. Barbecue-Smith deu um sorriso benigno, olhando para cima, na direção de Denis, com uma expressão facial de condescendência olimpiana. — E que tipo de coisas o senhor escreve?

Denis estava furioso e, para piorar a situação, sentiu o rosto ruborizar a ponto de ficar quente. Será que Priscilla não tinha noção da proporção das coisas? Estava colocando os dois na mesma categoria — Barbecue-Smith e ele. Eram ambos escritores, ambos usavam caneta e tinta. À pergunta do sr. Barbecue Smith, respondeu:

— Ah, nada de mais, nada não. — E desviou o olhar.

— O sr. Stone é um dos nossos poetas mais jovens. — Era a voz de Anne. Ele fez uma careta para ela, e ela respondeu com um sorriso exasperado.

— Excelente, excelente — disse o sr. Barbecue-Smith e apertou o braço de Denis de modo encorajador. — É uma nobre vocação, a do Bardo.

Assim que o chá terminou, o sr. Barbecue-Smith pediu licença; precisava escrever um pouco antes do jantar. Priscilla foi bastante compreensiva. O profeta se retirou para os seus aposentos.

O sr. Barbecue-Smith desceu para a sala de estar às dez para às oito. Estava de bom humor e, enquanto descia as escadas, sorria para si mesmo e esfregava suas grandes mãos brancas uma contra a outra. Na sala de estar, alguém tocava suave e desconexamente o piano. Ele se perguntou quem poderia ser. Uma das moças, talvez. Mas, não, era apenas Denis, que se levantou apressado e não sem algum constrangimento quando ele entrou na sala.

— Por favor, prossiga, prossiga — disse o sr. Barbecue--Smith. — Gosto muito de música.

— Por esse motivo não seria possível eu prosseguir — replicou Denis. — Só sei fazer barulhos.

Houve um silêncio. O sr. Barbecue-Smith estava de costas para a lareira, esquentando-se com a memória das chamas do último inverno. Não conseguia controlar sua satisfação interior, mas continuava sorrindo para si mesmo. Por fim, virou-se para Denis.

— Então, o senhor escreve, não é?

— Bem, sim… um pouco, sabe como é.

— Quantas palavras o senhor avalia que consegue escrever em uma hora?

— Acho que nunca contei.

— Ah, pois devia, pois devia. É muito importante.

Denis exercitou sua memória:

— Quando estou em boa forma — disse —, imagino que faça uma resenha de mil e duzentas palavras em cerca de quatro horas. Mas, às vezes, demoro bem mais.

O sr. Barbecue-Smith fez que sim com a cabeça.

— Sim, trezentas palavras por hora no seu melhor. — Ele andou até o centro da sala, deu meia-volta e confrontou Denis novamente. — Adivinha só quantas palavras eu escrevi neste entardecer, entre as cinco e as sete e meia?

— Não consigo imaginar.

— Não, mas lhe peço que imagine. Entre as cinco e as sete e meia… são duas horas e meia.

— Mil e duzentas palavras — arriscou Denis.

— Não, não, não. — O rosto expandido do sr. Barbecue-Smith reluzia de alegria. — Tente de novo.

— Mil e quinhentas.

— Não.

— Desisto — disse Denis. Ele percebeu que era incapaz de nutrir lá muito interesse pelos hábitos de escrita do sr. Barbecue-Smith.

— Bem, vou lhe dizer. Três mil e oitocentas.

Denis arregalou os olhos.

— O senhor deve conseguir produzir muita coisa em um dia — disse.

O sr. Barbecue-Smith de repente assumiu um tom de extrema confidencialidade. Puxou um banquinho até o lado da poltrona de Denis, sentou-se e começou a falar rapidamente, com a voz baixa.

— Escute-me — disse, apoiando a mão na manga de Denis. — O senhor quer ganhar a vida escrevendo; é jovem, é inexperiente. Deixe-me oferecer um bom conselho.

O que o sujeito pretendia fazer? Denis imaginou: apresentá-lo ao editor da *John o'London's Weekly* ou lhe dizer onde poderia vender um artigo breve por sete guinéus? O sr. Barbecue-Smith bateu no seu braço várias vezes e prosseguiu:

— O segredo para escrever — disse ele, soprando no ouvido do jovem —, o segredo para escrever é a Inspiração.

Denis olhou para ele, estarrecido.

— Inspiração… — repetiu o sr. Barbecue-Smith.

— Refere-se àquilo de encontrar a melodia interior?

O sr. Barbecue-Smith assentiu.

— Ah, então eu concordo inteiramente com o senhor — disse Denis. — Mas e se a pessoa não tem a Inspiração?

— Essa era exatamente a pergunta pela qual eu estava esperando — disse o sr. Barbecue-Smith. — O senhor me pergunta o que fazer quando a pessoa não tem Inspiração. Eu digo: o senhor tem Inspiração; todo mundo tem. É simplesmente uma questão de fazê-la funcionar.

O relógio bateu oito horas. Não havia sinal da presença de qualquer outro convidado; todo mundo sempre se atrasava em Crome. O sr. Barbecue-Smith prosseguiu:

— Eis o meu segredo — disse ele. — Entrego-lhe de graça. — (Denis fez um murmúrio e uma cara adequados de gratidão.) — Vou ajudá-lo a encontrar sua Inspiração, porque não gosto de ver um jovem firme e simpático como o senhor exaurir sua vitalidade e desperdiçar os melhores anos da vida numa labuta intelectual desgastante que poderia ser completamente evitada pela Inspiração. Eu passei pela mesma situação, por isso sei como é. Até os meus trinta e oito anos, eu era um escritor como o senhor... um escritor sem a Inspiração. Tudo que escrevia era espremido de mim via puro trabalho árduo. Ora, naqueles dias, eu nunca conseguia render mais do que seiscentas e cinquenta palavras por hora. E, o que era pior, muitas vezes eu não conseguia vender o que escrevia. — Ele suspirou. — Nós, artistas — disse, abrindo um parêntese —, nós, intelectuais, não somos muito valorizados aqui na Inglaterra.

Denis se perguntou se havia algum método consistente, obviamente, com a boa educação, por meio do qual seria possível dissociar-se desse "nós" do sr. Barbecue-Smith. Não havia nenhum; e, além do mais, já era tarde, pois o sr. Barbecue-Smith buscava, mais uma vez, a essência do seu discurso:

— Aos trinta e oito, eu era um pobre jornalista na lida, cansado, sobrecarregado e desconhecido. Agora, aos cinquenta... — Ele fez uma pausa modesta e um pequeno gesto expansivo com as mãos gorduchas, afastando uma da outra e expandindo os dedos como numa demonstração. Estava se exibindo. Denis pensou naquele anúncio do leite da Nestlé... os dois gatos no muro, debaixo da lua, um deles preto e magro e o outro branco, lustroso e gordo. Antes e depois da Inspiração.

— A Inspiração fez toda a diferença — disse, solene, o sr. Barbecue-Smith. — Chegou bem de repente, como um orvalho suave dos céus. — Ele ergueu a mão e deixou que ela caísse sobre o seu joelho, para indicar a descida do orvalho. — Foi numa noite. Estava escrevendo o meu primeiro livro sobre Conduta de Vida... *Humildes heroísmos.* Talvez o senhor o tenha lido; serviu de conforto (pelo menos é o que eu espero e acredito) a muitos milhares. Eu estava na metade do segundo capítulo e empaquei. A fadiga, o excesso de trabalho... só havia escrito uma centena de palavras na última hora e não conseguia avançar mais do que isso. Sentei-me mordendo a ponta da caneta e olhando para a lâmpada elétrica, que pendia acima da minha mesa, um pouco acima e à frente de mim. — Ele indicou a posição da luminária com um cuidado elaborado. — O senhor já olhou longa e atentamente para uma luz forte alguma vez? — perguntou, voltando-se para Denis. Denis acreditava que não, jamais fizera isso. — É possível hipnotizar a si mesmo desse jeito — prosseguiu o sr. Barbecue-Smith.

Do hall, soava o gongo num crescendo formidável. Nem sinal dos outros ainda. Denis padecia de uma fome espantosa.

— Foi o que me aconteceu — disse o sr. Barbecue-Smith. — Fiquei hipnotizado. Perdi a consciência, fácil assim. — Ele estalou os dedos. — Quando voltei a mim, percebi que passava da meia-noite e que havia escrito quatro mil palavras. Quatro mil — repetiu, abrindo bem a boca no *qua* do quatro. — A Inspiração me visitara.

— Que coisa mais extraordinária — disse Denis.

— Fiquei com medo a princípio. Não me pareceu natural. Eu tinha a impressão de que, de algum modo, não era correto, não era justo, eu quase poderia dizer, produzir uma composição literária de modo inconsciente. Além do mais, fiquei com medo de ter escrito baboseira.

— E foi baboseira que o senhor escreveu? — perguntou Denis.

— Claro que não — retrucou o sr. Barbecue-Smith, com um vestígio de irritação. — Claro que não. Era admirável. Apenas alguns erros de grafia e deslizes, como costuma haver, no geral, com a escrita automática. Mas o estilo, o pensamento... todos os quesitos essenciais eram admiráveis. Depois disso, a Inspiração veio a mim regularmente. Escrevi todo o *Humildes heroísmos* desse jeito. Foi um grande sucesso, e o mesmo vale para tudo que escrevi desde então. — Ele se inclinou para a frente e cutucou Denis com o dedo. — É o meu segredo — disse —, e é assim que o senhor também poderia escrever, se tentasse... sem esforço, fluentemente, com qualidade.

— Mas como? — perguntou Denis, tentando não demonstrar o quanto havia se ofendido com aquele "com qualidade" no final.

— Cultivando a sua Inspiração, entrando em contato com o seu Subconsciente. O senhor por acaso já leu o meu livrinho, *Canais diretos com o infinito*?

Denis precisou confessar que talvez aquela fosse, precisamente, uma das poucas, talvez a única, das obras de Barbecue-Smith que ainda não lera.

— Não faz mal, não faz mal — disse o sr. Barbecue-Smith. — É só um livrinho sobre a conexão entre o Subconsciente e o Infinito. Entre em contato com o Subconsciente e você estará em contato com o Universo. A Inspiração, na verdade. Está me acompanhando?

— Perfeitamente, perfeitamente — disse Denis. — Mas o senhor não fica com a impressão às vezes de que o Universo envia mensagens bastante irrelevantes?

— Eu não permito que aconteça — retrucou o sr. Barbecue-Smith. — Eu canalizo tudo. Faço tudo descer pelos canais a fim de fazer girar as turbinas da minha mente consciente.

— Que nem as cataratas do Niágara — sugeriu Denis. Alguns comentários do sr. Barbecue-Smith tinham um aspecto estranho, como se fossem citações... sem dúvida citações de sua própria obra.

— Precisamente. Como as cataratas do Niágara. E é assim que eu faço. — Ele se inclinou para a frente e conforme ia apontando os argumentos, pontuava-os com o indicador levantado, marcando o tempo, por assim dizer, do discurso. — Antes de entrar no meu transe, eu me concentro no assunto que desejo que me inspire. Digamos que esteja escrevendo sobre os heroísmos humildes; durante dez minutos antes de entrar em transe, não penso em mais nada além de órfãos que sustentam seus irmãozinhos e irmãzinhas, de trabalhos maçantes executados com perfeição e paciência, e concentro a minha mente em grandes verdades filosóficas tais como a purificação e elevação da alma pelo sofrimento, e a transformação alquímica do chumbo do mal no ouro do bem. — (Denis pendurou mais uma vez sua guirlanda de aspas.) — E então me vou. Duas ou três horas depois, acordo de volta e descubro que a inspiração cumpriu seu serviço. Milhares de palavras, palavras reconfortantes, motivadoras, repousam à minha frente. É só datilografá-las de maneira organizada na minha máquina, e estão prontas para a gráfica.

— Tudo parece tão maravilhosamente simples — disse Denis.

— E é. Todas as coisas grandiosas, esplêndidas e divinas da vida são maravilhosamente simples. — (De novo, as aspas.) — Quando preciso fazer os meus aforismos —

continuou o sr. Barbecue-Smith —, eu consulto, como prelúdio ao meu transe, as páginas de qualquer *Dicionário de citações* ou *Calendário shakespeariano* que estiver à mão. Isso determina o tom, por assim dizer; isso garante que o Universo chegará fluindo, não num jorro contínuo, mas em gotas aforísticas. Entende a ideia?

Denis assentiu. O sr. Barbecue-Smith pôs a mão no bolso e sacou um caderno.

— Escrevi alguns no trem hoje — disse ele, virando as páginas. — Entrei em transe em um canto do meu vagão. O trem é muito propício, a meu ver, para um bom trabalho. Aqui estão.

Ele pigarreou e leu:

— *A Estrada da Montanha pode ser íngreme, mas o ar é puro lá em cima, e no Cume tem-se a melhor vista.*

— *As Coisas que Importam de Verdade acontecem no Coração.*

Que coisa curiosa, refletiu Denis, o modo como o Infinito às vezes se repetia.

— *Ver é Crer. Sim, mas Crer também é Ver. Se eu creio em Deus, eu vejo Deus, mesmo nas coisas que parecem más.*

O sr. Barbecue-Smith ergueu o olhar de seu caderno.

— Essa última — disse —, é particularmente bela e sutil, não acha? Sem a Inspiração, jamais teria chegado nisso. — Ele releu o apotegma, articulando as palavras bem devagar e com mais solenidade. — Direto do Infinito — comentou, reflexivo, depois prosseguiu para o próximo aforismo.

— *A chama da vela dá Luz, mas também Queima.*

Vincos de perplexidade apareceram na testa do sr. Barbecue-Smith.

— Não sei exatamente o que este quer dizer — comentou. — É muito gnômico. Seria possível aplicá-lo, claro, à Educação de Nível Superior... é iluminadora, mas provoca as Classes Inferiores ao descontentamento e à revolução. Sim, imagino que seja isso. Mas que é gnômico, é gnômico. — Ele esfregou o queixo, pensativo. O gongo soou mais uma vez, num clamor, quase uma súplica: o jantar estava esfriando. Aquilo despertou o sr. Barbecue-Smith da meditação. Ele se voltou para Denis.

— O senhor me compreende agora quando dou o meu conselho para que cultive a Inspiração. Deixe o seu Subconsciente trabalhar por você; ligue o Niágara do Infinito.

Ouviram o som de passos nas escadas. O sr. Barbecue-Smith se levantou, apoiou a mão por um instante no ombro de Denis e disse:

— Agora chega. Outra hora. E lembre-se que eu tenho absoluta confiança na sua discrição quanto a esse assunto. Há coisas íntimas e sagradas que não é de nosso interesse que sejam conhecidas pelo público em geral.

— Claro — disse Denis. — Compreendo perfeitamente.

Capítulo VII

Em Crome, todas as camas eram itens de mobília antigos e hereditários. Camas imensas, mais parecendo navios de quatro mastros, com velas enroladas de coisas coloridas e brilhantes. Camas entalhadas e incrustadas, camas pintadas e folheadas a ouro. Camas de nogueira e carvalho, de madeiras exóticas e raras. Camas de todas as eras e modas, desde a época de sir Ferdinando, que construíra a casa, até o período de seu herdeiro homônimo no fim do século xviii, o último da família, mas todas elas grandiosas e magníficas.

A mais requintada de todas era agora a cama de Anne. Sir Julius, filho de sir Ferdinando, mandara fazê-la em Veneza, para o primeiro período de resguardo da esposa. A Veneza do começo do *seicento* empenhara toda a sua arte extravagante na fabricação da cama. Sua estrutura era como a de um grande sarcófago quadrado. Os painéis de madeiras exibiam aglomerados de rosas entalhadas em alto relevo com *putti* voluptuosos voando em meio a elas. Na base preta dos painéis, os relevos entalhados eram folheados a ouro e polidos. As rosas áureas subiam em espirais pelas quatro traves semelhantes a pilastras, e os querubins, assentados no topo de cada coluna, sustentavam um dossel de madeira ornamentado com os mesmos entalhes florais.

Anne lia na cama. Havia duas velas na mesinha de cabeceira ao seu lado. Sob a luz suntuosa delas, seu rosto, seu braço e ombro nus assumiam tons calorosos, com uma certa qualidade de pêssego na superfície. Aqui e ali, no dossel acima dela, pétalas douradas entalhadas lançavam um brilho reluzente em meio às sombras profundas, e a luz suave que caía sobre o painel esculpido da cama rebentava incansavelmente entre as rosas intrincadas, demorando-se numa larga carícia sobre as bochechas gordas, as barrigas onduladas e os traseirinhos firmes e absurdos dos vários *putti* dispersos.

Veio uma batida discreta à porta. Ela ergueu o olhar:

— Pode entrar, pode entrar.

Um rosto redondo e infantil dentro de um sino lustroso de cabelos dourados espiou pela abertura da porta. Ainda mais infantil, um conjunto de pijama cor de malva fez sua entrada.

Era Mary.

— Pensei em dar um pulo aqui rapidinho para lhe desejar boa noite — disse ela, sentando-se à beirada da cama.

Anne fechou o livro:

— Que meigo da sua parte.

— O que você está lendo? — Ela olhou para o livro. — É meio de segunda categoria, não acha?

O tom com o qual Mary pronunciou a expressão "segunda categoria" implicava uma difamação quase infinita. Estava acostumada em Londres a se associar apenas a pessoas de primeira categoria que gostavam de coisas de primeira categoria, e ela sabia que havia poucas, pouquíssimas coisas de primeira categoria no mundo, e essas coisas eram francesas, em sua maioria.

— Bem, acho que eu gosto — disse Anne.

Não havia mais nada a dizer. O silêncio que se seguiu foi um tanto desconfortável. Mary remexia, ansiosa, o último botão da blusa do pijama. Apoiando-se sobre o montinho de travesseiros empilhados, Anne esperou, perguntando-se o que estava por vir.

— Eu tenho um pavor tão medonho de repressões — disse Mary, enfim, quebrando súbita e surpreendentemente o silêncio. Pronunciou as palavras no finzinho de uma exalação, e quase precisou puxar o ar antes de terminar a frase.

— O que a está deixando deprimida?

— Eu disse repressões, não depressões.

— Ah, sim, repressões; entendo — disse Anne. — Mas repressões do quê?

Mary precisou explicar-se:

— Os instintos naturais do sexo… — começou, bem didática. Mas Anne a interrompeu.

— Sim, sim. Perfeitamente. Compreendo. Repressões; as velhas donzelas e tudo o mais. Mas que que tem?

— É só isso — disse Mary. — Tenho medo disso. É sempre perigoso reprimir os instintos da pessoa. Estou começando a detectar em mim mesma sintomas como os que se lê nos livros. Sonho constantemente que estou caindo em poços, e às vezes até sonho que estou subindo escadas de mão. É a coisa mais inquietante. Os sintomas são claros demais.

— São, é?

— Corre-se o risco de virar uma pessoa ninfomaníaca se não se tomar cuidado. Você não faz ideia do quanto são sérias essas repressões se você não se livrar delas a tempo.

— Parece medonho demais — disse Anne. — Mas não entendo o que posso fazer para ajudá-la.

— Achei por bem simplesmente vir aqui conversar com você a respeito.

— Ora, é claro; fico muito contente, Mary querida.

Mary tossiu e respirou fundo.

— Presumo — começou, judiciosamente —, presumo que podemos dar como certo o fato de que uma jovem inteligente de vinte e três anos que vive numa sociedade civilizada do século xx não tem preconceitos.

— Bem, confesso que eu ainda tenho alguns.

— Mas não quanto às repressões.

— Não, não muitos quanto às repressões; isso é verdade.

— Ou, então, sobre modos de se livrar das repressões.

— Exatamente.

— Então pronto, eis nosso postulado fundamental — disse Mary. A solenidade, exprimida em cada traço do rosto jovem e redondo, irradiava de seus grandes olhos azuis.

— O próximo passo é a desejabilidade de se adquirir experiência. Espero que estejamos em concordância de que o conhecimento é desejável e que a ignorância é indesejável.

Tão obediente quanto um daqueles discípulos complacentes de quem Sócrates arrancava qualquer resposta que queria, Anne assentiu à esta proposição.

— E estamos igualmente de acordo, espero, que o casamento é o que é.

— É, sim.

— Que bom! — disse Mary. — E as repressões, sendo o que são...

— Exatamente.

— Só parece possível, portanto, chegarmos a uma única conclusão.

— Mas disso eu já sabia — exclamou Anne —, antes de você começar.

— Sim, só que agora está comprovado — disse Mary. — É preciso fazer as coisas de maneira lógica. A pergunta que fica agora...

— Mas onde entra a pergunta? Você chegou à sua única conclusão possível... logicamente, que é mais do que eu poderia fazer. Só o que resta é transmitir essa informação a alguém de quem você goste... alguém de quem você goste um bocado, alguém por quem você esteja apaixonada, se me permite expressar-me tão descaradamente.

— Mas é justamente aí que a pergunta entra — exclamou Mary. — Não estou apaixonada por ninguém.

— Então, se eu fosse você, esperaria até me apaixonar.

— Mas não posso continuar, noite após noite, sonhando que estou caindo num poço. É perigoso demais.

— Bem, se for, de fato, perigoso *demais*, então é claro que você deve fazer algo a respeito; deve encontrar uma pessoa.

— Mas quem? — Um franzir pensativo contraiu a testa de Mary. — Precisa ser alguém inteligente, alguém com interesses intelectuais que eu possa compartilhar. E deve ser alguém que tenha o devido respeito pelas mulheres, alguém preparado para conversar a sério sobre seu trabalho e suas ideias e sobre o meu trabalho e minhas ideias. Não é tão fácil, como pode ver, encontrar a pessoa certa.

— Bem — disse Anne —, neste exato momento há três homens descompromissados e inteligentes na casa. Tem o sr. Scogan, para começo de conversa; mas talvez ele esteja mais para uma antiguidade genuína. E tem Gombauld e Denis. Podemos dizer que a escolha está limitada a esses dois últimos?

Mary fez que sim com a cabeça.

— Penso que seria melhor... — disse e depois hesitou, com um certo ar de constrangimento.

— O que foi?

— Eu estava me perguntando — disse Mary, com um suspiro —, se eles são descompromissados de verdade. Pensei que talvez você pudesse... você pudesse...

— Foi muito gentil da sua parte pensar em mim, Mary querida — disse Anne, abrindo o seu sorrisinho repuxado de gata. — Mas até onde me diz respeito, os dois estão inteiramente descompromissados.

— Fico muito contente com isso — disse Mary, parecendo aliviada. — Somos agora confrontadas com a pergunta: Qual dos dois?

— Não posso dar nenhum conselho. É uma questão do seu gosto.

— Não é uma questão do meu gosto — pronunciou Mary —, mas dos méritos deles. Devemos pesá-los e considerá-los de modo cuidadoso e desapaixonado.

— Você deve pesá-los pessoalmente — disse Anne; havia ainda o vestígio de um sorriso ao redor de seus olhos semicerrados e nos cantos da boca. — Não vou correr o risco de lhe dar o conselho errado.

— Gombauld tem mais talento — começou Mary —, mas é menos civilizado do que Denis. — O modo como Mary pronunciava "civilizado" conferia um significado especial e adicional à palavra. Sua articulação era meticulosa, bem na parte frontal da boca, com um silvo delicado na sibilante inicial. Pouquíssimas pessoas eram civilizadas, e elas, assim como as obras de arte de primeira categoria, eram em sua maioria francesas. — Ser civilizado é importantíssimo, não acha?

Anne levantou a mão.

— Não vou dar nenhum conselho — disse ela. — É você quem deve tomar a decisão.

— A família de Gombauld — prosseguiu Mary, reflexiva —, vem de Marselha. Uma hereditariedade um tanto perigosa, quando se pensa na atitude latina com as mulheres. Mas também, às vezes me pergunto se Denis é de todo sério, se não está mais para um diletante. É muito difícil. O que acha?

— Não estou ouvindo — disse Anne. — Me recuso a assumir qualquer responsabilidade.

Mary suspirou.

— Bem — disse ela —, acho que é melhor eu ir para a cama e pensar nisso.

— De modo cuidadoso e desapaixonado — disse Anne.

Na porta, Mary deu meia-volta.

— Boa noite — disse, e ficou se perguntando, ao dizer essas palavras, qual seria o motivo de Anne estar sorrindo daquele jeito curioso. Não devia ser nada, refletiu. Anne com frequência sorria sem motivo aparente; provável que fosse só um hábito. — Espero que esta noite eu não sonhe mais uma vez que estou caindo em poços — acrescentou.

— O pior são as escadas — disse Anne.

Mary assentiu.

— Sim, as escadas são um caso muito mais sério.

Capítulo VIII

O desjejum na manhã de domingo foi uma hora mais tarde do que nos dias de semana, e Priscilla, que não costumava fazer nenhuma aparição em público antes do almoço, prestigiou a refeição com sua presença. Trajada em seda preta, com uma cruz de rubi bem como seu colar costumeiro de pérolas ao redor do pescoço, presidiu-a. Um enorme jornal dominical ocultava do mundo externo tudo exceto o extremo pináculo da sua cabeleira.

— Surrey ganhou o jogo — disse ela, de boca cheia — por quatro *wickets*. O sol está em Leão: isso explica!

— Um jogo esplêndido, o críquete — comentou cordialmente o sr. Barbecue-Smith para os ouvidos de ninguém em particular —, é uma coisa tão inglesa, de cabo a rabo.

Jenny, que estava sentada ao lado dele, acordou de repente, assustada.

— O quê? — disse ela. — O quê?

— É uma coisa tão inglesa — repetiu o sr. Barbecue--Smith.

Jenny olhou para ele, surpresa.

— Inglesa? Claro que eu sou inglesa.

Ele estava começando a explicação quando a sra. Wimbush abaixou o jornal de domingo e apareceu, um rosto quadrado, com pó cor de malva, entre os esplendores alaranjados.

— O jornal está lançando uma nova série de artigos sobre o além-túmulo — disse ao sr. Barbecue-Smith. — Este aqui se chama "O reino do verão e a gehenna".

— O reino do verão — o sr. Barbecue-Smith ecoou o que ela disse, fechando os olhos. — Reino do verão. Belo nome. Belo... belo.

Mary havia ocupado o lugar ao lado do de Denis. Após uma noite de reflexões cuidadosas, tinha decidido que o escolhido seria Denis. Ele até podia ter menos talento que Gombauld, podia sofrer de uma falta de seriedade, mas de algum modo era uma aposta mais garantida.

— Você tem escrito bastante poesia aqui no campo? — perguntou ela, com uma solenidade radiante.

— Nada — foi a resposta brusca de Denis. — Não trouxe minha máquina de escrever.

— Mas quer dizer que você não consegue escrever sem ela?

Denis fez que não com a cabeça. Detestava conversar durante o café da manhã e, além do mais, queria escutar o que o sr. Scogan estava falando do outro lado da mesa.

— ...Meu esquema para lidar com a Igreja — dizia o sr. Scogan —, é lindamente simples. No presente momento, o clero anglicano usa o colarinho do lado errado. Eu obrigaria todo mundo a usar, não apenas os colarinhos, mas todas as roupas, de trás para a frente (bata, casaca, calças, botas), de modo que cada membro do clero apresentaria ao mundo uma fachada lisa, sem qualquer tacha, botão ou cordão para interrompê-la. A aplicação desse código de vestimenta seria um auxílio salutar para impedir aqueles que pretendem entrar para a Igreja de fazê-lo. Ao mesmo tempo, ampliaria enormemente aquilo no que o arcebispo Laud insistia com tanta justiça, a "beleza da santidade" nos poucos incorrigíveis que não se deixariam impedir.

— No inferno, pelo jeito — disse Priscilla, ainda lendo o jornal de domingo —, as crianças se divertem esfolando cordeiros vivos.

— Ah, mas minha cara senhora, isso é apenas um símbolo — exclamou o sr. Barbecue-Smith —, um símbolo material de uma verdade x-piritual. Os cordeiros significam...

— E aí tem as fardas militares — prosseguiu o sr. Scogan. — Quando o escarlate e o branco-argila foram trocados pelos tons cáquis, houve quem estremecesse de medo pelo futuro da guerra. Mas, depois, ao descobrirem o quanto as novas túnicas eram elegantes, como era ajustado seu caimento na cintura e quão voluptuosamente exageravam os quadris com os enchimentos laterais dos bolsos; quando se deram conta das potencialidades brilhantes dos culotes e botas de cano alto, essas pessoas se reconfortaram. Abolindo-se essas elegâncias militares, padronizando uma farda de juta e gabardina, logo se descobre que...

— Alguém vai comigo à igreja nesta manhã? — perguntou Henry Wimbush. Ninguém respondeu. Ele deixou o convite exposto como uma isca. — Eu leio as lições, sabem. E também tem o sr. Bodiham. Às vezes vale a pena escutar os sermões dele.

— Obrigado, obrigado — disse o sr. Barbecue-Smith. — Eu prefiro a adoração na igreja infinita da Natureza. Como foi que o nosso Shakespeare colocou? "Em livros, sermões, e pedras na correnteza dos ribeirões." — Ele acenou com o braço num gesto delicado na direção da janela, mas, no próprio ato de fazê-lo, tomou consciência, de modo vago, porém nem por isso menos insistente, nem por isso menos desconfortável, de que havia algo de errado com a citação. Alguma coisa... o que poderia ser? Os sermões? As pedras? Os livros?

Capítulo IX

O sr. Bodiham estava sentado em seu escritório no Presbitério. As janelas góticas do século XIX, estreitas e pontudas, permitiam a entrada da luz como se a contragosto; apesar do tempo ensolarado de julho, o cômodo estava sombrio. Estantes marrons envernizadas forravam as paredes preenchidas por fileiras e mais fileiras daquelas obras teológicas espessas e pesadas que os sebos no geral vendem por quilo. A prateleira da lareira e o painel acima dela, uma estrutura elevada de pilares espichados e pequenos nichos, eram marrons e envernizados. A escrivaninha era marrom e envernizada. E idem as cadeiras, idem a porta. Um tapete vermelho-amarronzado com padrões cobria o assoalho. Tudo era marrom naquele cômodo, e pairava no ar um curioso cheiro amarronzado.

No meio daquela penumbra marrom, sentava-se o sr. Bodiham à sua mesa. Era o homem da Máscara de Ferro. Um rosto cinza-metálico com maçãs do rosto de ferro e um cenho estreito de ferro; vincos de ferro, rígidos e imutáveis, corriam perpendicularmente pelas suas faces; seu nariz era o bico de ferro de alguma ave de rapina esguia e delicada.

Tinha olhos castanhos, instalados em órbitas com bordas de ferro ao redor das quais a pele era escura, como se chamuscada. Uma cabeleira densa, de fios grossos, cobria o seu crânio; já fora preta, agora ficava grisalha. As orelhas eram minúsculas e finas. A mandíbula, o queixo, o lábio superior eram escuros, escuros feito ferro, nos pontos onde fizera a barba. Sua voz, sempre que se pronunciava e especialmente quando erguia o tom de voz durante as pregações, era ríspida, como o rangido de dobradiças de ferro quando se abre uma porta raramente usada.

Era quase meio-dia e meia. Havia acabado de retornar da igreja, rouco e cansado de pregar. Ele pregava com fúria, com paixão, um homem de ferro que fustigava com um mangual as almas de sua congregação. Mas as almas dos fiéis em Crome eram feitas de borracha, uma borracha maciça; o mangual quicava. Em Crome, já estavam acostumados com o sr. Bodiham. O mangual golpeava a borracha e, na maioria das vezes, a borracha dormia.

Naquela manhã ele pregara, como tantas vezes fizera antes, sobre a natureza de Deus. Havia tentado fazê-los compreender coisas a respeito de Deus, como era pavoroso cair em Suas mãos. Deus — eles imaginavam algo suave e misericordioso. Estavam cegos para os fatos; pior ainda, estavam cegos para a Bíblia. Os passageiros do *Titanic* cantavam "Mais perto, meu Deus, de Ti" enquanto o navio afundava. Será que se davam conta do que pediam para chegar mais perto? Uma labareda branca de justiça, uma labareda furiosa...

Quando Savonarola pregava, os homens choravam e gemiam alto. Nada era capaz de interromper o silêncio educado com o qual Crome escutava o sr. Bodiham —

apenas uma tossida ocasional, e às vezes o som de alguém arfando. No banco da frente, sentava-se Henry Wimbush, calmo, bem-criado, com o terno impecável. Houvera vezes em que o sr. Bodiham quisera pular do púlpito e lhe dar um safanão para ver se acordava para a vida — vezes em que teria gostado de espancar e matar sua congregação inteira.

Sentava-se à sua mesa, melancólico. Do lado de fora das janelas góticas a terra estava morna e maravilhosamente tranquila. Tudo estava como sempre fora. E, no entanto, no entanto... Já fazia quase quatro anos desde que pregara aquele sermão sobre Mateus 24,7: "Porquanto se levantará nação contra nação, e reino contra reino, e haverá fomes, e pestes, e terremotos, em vários lugares". Fazia quase quatro anos. Mandara imprimir aquele sermão: era tão terrivelmente, tão crucialmente importante que o mundo inteiro soubesse o que ele tinha a dizer. Uma cópia do pequeno panfleto repousava em sua mesa — oito pagininhas cinzentas, impressas numa fonte de tipos que já estavam quase cegos, como os dentes de um cão velho, pelo triturar e triturar da prensa. Ele o abriu e começou a ler mais uma vez.

— "Porquanto se levantará nação contra nação, e reino contra reino, e haverá fomes, e pestes, e terremotos, em vários lugares."

"Dezenove séculos se passaram desde que o Nosso Senhor pronunciou estas palavras, e nem mesmo um único desses séculos transcorreu sem guerras, pestes, fomes e terremotos. Impérios poderosos desabaram em ruínas, doenças dizimaram metade do globo, ocorreram vastos cataclismas naturais nos quais milhares foram vitimados por dilúvios, por incêndios e vendavais. No curso desses dezenove séculos, tais coisas aconteceram inúmeras vezes, mas não serviram para trazer o Cristo de volta à Terra. Foram 'sinais dos tempos' enquanto sinais da ira de Deus contra a perversidade crônica da humanidade, mas não foram sinais dos tempos em conexão com a Segunda Vinda.

"Se cristãos sinceros têm considerado a guerra atual um verdadeiro sinal da iminência do retorno do Senhor, não é meramente pelo fato de ser uma grande guerra que envolve a vida de milhões de pessoas, não é meramente por conta da fome que fecha o cerco em todos os países da Europa, não é meramente porque doenças de todo tipo, da sífilis ao tifo, abundam em meio às nações beligerantes; não, não é por esses motivos que consideramos esta guerra um verdadeiro Sinal dos Tempos, mas sim porque em sua origem e progresso ela é marcada por certas característica que parecem conectá-la, quase que sem dúvida alguma, às previsões da Profecia Cristã ligadas à Segunda Vinda do Senhor.

"Deixem-me enumerar as características da guerra atual que sugerem, com maior clareza, tratar-se de um Sinal a predizer a aproximação iminente do Segundo Advento. Nosso Senhor disse que 'este evangelho do reino será pregado em todo o mundo, em testemunho a todas as nações; e então virá o fim'. Embora seja presunçoso da nossa parte dizer qual o grau de evangelização que Deus há de considerar suficiente, podemos, ao menos, nutrir com confiança a esperança de que um século de incansáveis trabalhos missionários trouxe mais para perto o cumprimento desta condição. É verdade que a maior parte dos habitantes do mundo permanece surda às pregações da religião verdadeira; mas isso não anula o fato de que o Evangelho *foi*, de fato, pregado 'em testemunho' a todos os incréus, dos papistas aos zulus. A responsabilidade pela prevalência continuada da descrença não é dos pregadores, mas daqueles para quem se pregou.

"Mais uma vez, é de conhecimento geral a menção do capítulo dezesseis do Apocalipse', em que 'o anjo derramou a sua taça sobre o grande rio Eufrates; e a sua água secou-se', que é uma alusão à decadência e à extinção do poder turco e é um sinal da iminente chegada do fim do mundo como o conhecemos. A captura de Jerusalém e os sucessos na Mesopotâmia são grandes avanços na destruição do Império Otomano; embora seja necessário admitir que o episódio em Galípoli comprovou que os turcos ainda possuem um 'chifre notável' de força. Falando em termos históricos, este ressecamento do poder otomano vem transcorrendo ao longo de todo o último século; os últimos dois anos testemunharam uma grande aceleração do processo, e não pode haver dúvidas de que a dessecação completa está no horizonte.

"No encalço das palavras que tratam da seca do Eufrates vem a profecia do Armagedom, aquela guerra mundial com a qual a Segunda Vinda terá muita proximidade. Uma vez começada, a guerra mundial só poderá ter fim com o retorno do Cristo, e Sua chegada será súbita e inesperada, como a de um ladrão na noite.

"Examinemos os fatos. Na história, exatamente como no Evangelho de são João, o que acontece imediatamente antes da guerra mundial é a seca do Eufrates ou a decadência da potência turca. Por si só, este fato bastaria para conectar o conflito presente com o Armagedom do Apocalipse e, portanto, apontar para a chegada iminente do Segundo Advento. Mais evidências, no entanto, de uma natureza ainda mais sólida e convincente, podem ser aduzidas.

"O Armagedom será suscitado pelas atividades de três espíritos impuros, como se fossem sapos que saem das bocas do Dragão, da Besta e do Falso Profeta. Se conseguirmos identificar esses três poderes do mal, lançaremos claramente muita luz sobre a questão toda.

"É possível identificar na história todos os três: o Dragão, a Besta e o Falso Profeta. Satanás, que só é capaz de operar por meio da ação humana, vem usando esses três poderes em sua longa guerra contra o Cristo, o que preencheu os últimos dezenove séculos de contendas religiosas. O Dragão, como já foi estabelecido com folga, é a Roma pagã, e o espírito que emana de sua boca é o espírito da Infidelidade. A Besta, que tem a representação alternativa de uma Mulher, é, sem dúvidas, o poder Papal, e o Papismo é o espírito que ela emana. Há apenas um poder que corresponde à descrição do Falso Profeta, do lobo em pele de cordeiro, do agente do diabo que opera sob o disfarce do Cordeiro, e esse poder é a assim chamada 'Sociedade de Jesus'. O espírito que emana da boca do Falso Profeta é o espírito da Falsa Moralidade.

"Podemos presumir, portanto, que os três espíritos malignos são Infidelidade, Papismo e Falsa Moralidade. Será que foram essas três influências a causa real do conflito presente? A resposta é clara.

"O espírito da Infidelidade é o próprio espírito da crítica alemã. A Alta Crítica, como é zombeteiramente chamada, nega a possibilidade de milagres, de previsões e da verdadeira inspiração, tentando justificar a Bíblia como um desenvolvimento natural. Lenta, mas certamente, ao longo dos últimos oitenta anos, o espírito da Infidelidade vem privando os alemães de sua Bíblia e sua fé, de modo que hoje a Alemanha é uma nação de incréus. A Alta Crítica foi, portanto, o que possibilitou a guerra; pois seria absolutamente impossível para qualquer nação cristã guerrear do modo como a Alemanha vem guerreando.

"Depois passamos para o espírito do Papismo, cuja influência na provocação da guerra foi talvez tão grande quanto a da Infidelidade, embora talvez não seja tão imediatamente óbvia. Desde a Guerra Franco-Prussiana o poder papal vem sofrendo um declínio constante na França, enquanto exibe um crescimento constante na Alemanha. Hoje a França é um estado antipapal, enquanto a Alemanha possui uma poderosa minoria de católicos romanos. Dois estados sob controle papal, a Alemanha e a Áustria, estão em guerra com seis estados antipapais — Inglaterra, França, Itália, Rússia, Sérvia e Portugal. A Bélgica, é claro, é um estado completamente papal, e não pode haver a menor dúvida de que a presença, do lado dos Aliados, de um elemento tão hostil em essência tem colaborado muito para prejudicar a causa justa e é responsável pelo nosso relativo insucesso. O fato de que o espírito do Papismo está por trás da guerra é assim visível, com clareza, no agrupamento dos poderes opostos, enquanto a rebelião nas partes católicas romanas da Irlanda meramente confirmou uma conclusão já óbvia para qualquer mente que não esteja enviesada.

"O espírito da Falsa Moralidade tem tido um papel tão importante nesta guerra quanto os outros dois espíritos malignos. O incidente do 'Pedaço de Papel' é o exemplo mais próximo e mais óbvio da adesão alemã a essa moralidade essencialmente anticristã e jesuítica. O objetivo é o poder mundial alemão, e para se alcançar esse fim, todos os meios são justificáveis. É o verdadeiro princípio do jesuitismo aplicado à política internacional.

"A identificação agora está completa. Tal como foi previsto no 'Apocalipse', os três espíritos malignos se libertaram conforme a decadência do poder Otomano se aproximava de sua culminação e se uniram para deflagrar a guerra mundial. O aviso: 'Eis que venho como ladrão' se aplica, portanto, ao período atual — para vocês e para mim e todo o mundo. Esta guerra conduzirá inevitavelmente à guerra do Armagedom e só terá fim com o retorno do Senhor em Pessoa.

"E quando Ele retornar, o que acontecerá? Aqueles que estão em Cristo, diz-nos são João, serão convocados para a Ceia do Cordeiro. Aqueles que se encontram lutando contra Ele serão convocados à Ceia do Grande Deus — aquele banquete sinistro no qual não se alimentarão, mas sim serão dados como alimento. Diz-nos são João: 'E vi um anjo que estava no sol, e clamou com grande voz, dizendo a todas as aves que voavam pelo meio do céu: Vinde, e ajuntai-vos à ceia do grande Deus; Para que comais a carne dos reis, e a carne dos tribunos, e a carne dos fortes, e a carne dos cavalos e dos que sobre eles se assentam; e a carne de todos os homens, livres e servos, pequenos e grandes'. Todos os inimigos de Cristo serão mortos com a espada daquele que se assenta sobre o cavalo, 'e todas as aves fartar-se-ão das suas carnes'. Esta é a Ceia do Grande Deus.

"Pode ser que ocorra em breve ou pode demorar, segundo a contagem dos homens; mas cedo ou tarde, inevitavelmente, o Senhor virá livrar o mundo de seus tormentos atuais. E ai daqueles que forem convocados, não para a Ceia do Cordeiro, mas para a Ceia do Grande Deus. Estes haverão de perceber, porém tarde demais, que Deus é um Deus da Ira tanto quanto é um Deus do Perdão. O Deus que mandou ursos para devorarem aqueles que zombaram de Eliseu, o Deus que castigou os egípcios por sua perversidade contumaz, com certeza haverá de castigá-los também, a não ser que se apressem em arrepender-se. Mas talvez já seja tarde demais. Quem sabe se já amanhã, ou até mesmo no momento seguinte, o Cristo não virá até nós sem que o saibamos, feito um ladrão? Muito em breve, quem sabe?, o anjo diante do sol pode convocar os corvos e abutres de seus esconderijos nas rochas para se alimentarem da carne putrefata de milhões de ímpios destruídos pela cólera de Deus. Estai prontos, portanto; a chegada do Senhor é iminente. Que isso vos seja a todos um objetivo de esperança e não um momento para se ansiar com tremor e terror."

O sr. Bodiham fechou seu panfletinho e se recostou na cadeira. O argumento era sólido e absolutamente convincente; porém fazia quatro anos desde que pregara aquele sermão; quatro anos, e a Inglaterra estava em paz, o sol brilhava e as pessoas de Crome continuavam tão perversas e indiferentes quanto sempre haviam sido; senão mais, de fato, se é que isso era possível. Se apenas ele conseguisse compreender, se os céus oferecessem um sinal! Mas suas indagações continuavam sem resposta. Sentado em sua cadeira marrom envernizada sob a janela ruskianiana, ele bem que poderia dar um grito. Agarrou os braços da cadeira — agarrou, agarrou ansiando controle. As juntas dos dedos ficaram brancas; ele mordeu o lábio. Em alguns segundos, conseguiu relaxar a tensão; começou a repreender-se por sua impaciência rebelde.

Quatro anos, refletiu; o que eram quatro anos, afinal? É inevitável que o Armagedom leve muito tempo para amadurecer, para fermentar direito. O episódio de 1914 fora uma escaramuça preliminar. E quanto ao fim da guerra — aquilo, oras, claro que era ilusório. A guerra continuava, ardendo em brasa na Silésia, na Irlanda, na Anatólia; o descontentamento no Egito e na Índia abria caminho, talvez, para uma grande extensão dos massacres entre os povos infiéis. O boicote chinês ao Japão e as rivalidades daquele país e dos Estados Unidos no Pacífico talvez engendrassem uma nova grande guerra no Oriente. Era uma perspectiva esperançosa, pensava o sr. Bodiham, tentando reconfortar-se; o Armagedom real e genuíno poderia começar em breve e então, como um ladrão na calada da noite... Porém, apesar de todo esse raciocínio confortável, ele continuava infeliz, insatisfeito. Quatro anos atrás estivera tão confiante; as intenções de Deus lhe pareciam então muito evidentes. E agora? Agora, fazia bem em estar com raiva. E agora sofria também.

De súbito, silenciosa feito um fantasma, a sra. Bodiham apareceu, deslizando pelo cômodo sem fazer nenhum ruído. Acima de seu vestido preto, o rosto era pálido com uma brancura opaca, os olhos eram pálidos como água dentro de um copo, e o cabelo palhiço estava quase descorado. Tinha um grande envelope em mãos.

— Isso aqui chegou para você pelo correio — disse ela, com a voz suave.

O envelope não tinha selo. Mecanicamente, o sr. Bodiham o abriu, com um rasgo. Continha um panfleto, maior do que o dele e de aparência mais elegante. "Casa Sheeny, Modas Clericais, Birmingham". Folheou as páginas. O catálogo fora impresso eclesiasticamente e com muito bom gosto em caracteres antigos, com iluminuras nas iniciais góticas. Linhas vermelhas nas margens, cruzadas nos cantos à moda de uma moldura de Oxford, envolviam cada página tipografada; pequenas cruzes vermelhas faziam as vezes de pontos finais. O sr. Bodiham virou as páginas.

Sotainas feitas com a melhor lã merino preta. Pronta-entrega; todos os tamanhos.

Sobrecasacas clericais. A partir de nove guinéus. Um traje elegante, feito a mão por nossos experientes alfaiates eclesiásticos.

Ilustrações em pontilhismo representavam jovens curas, alguns garbosos, outros semelhantes a jogadores de rúgbi e musculosos, alguns com expressões ascéticas e olhos grandes e extáticos, trajando paletós, sobrecasacas, sobrepelizes, trajes eclesiásticos formais, ternos Norfolk pretos.

Uma grande variedade de casulas.

Cintos de corda.

Saiotes-batinas especiais da Sheeny. Amarradas por uma cordão na cintura... Quando usadas sob uma sobrepeliz apresentam uma aparência indistinguível da de uma batina completa... Recomendadas para o verão e climas quentes.

Num gesto de horror e asco, o sr. Bodiham atirou o catálogo no cesto de lixo. A sra. Bodiham olhou para ele; seus atos se refletiam naqueles olhos pálidos e glaucos, sem oferecer comentário.

— A vila — disse ela com a voz baixinha —, a vila está piorando mais e mais a cada dia.

— O que aconteceu agora? — perguntou o sr. Bodiham, sentindo-se subitamente exaurido.

— Vou lhe contar. — Ela puxou uma cadeira marrom envernizada e se sentou. Na vila de Crome, pelo jeito, Sodoma e Gomorra haviam renascido.[*]

---

[*] O sermão atribuído ao sr. Bodiham reproduz os fundamentos de uma preleção proferida pelo reverendo E. H. Home em 1916, durante um encontro do clero, e que foi publicada e posteriormente republicada como apêndice em um pequeno livro por ele, intitulado *The Significance of Air War*. (N. A.)

Capítulo X

Denis não dançava, mas, quando o *ragtime* jorrou da pianola em golfadas de melaço e perfume quente, em jatos de fogo de bengala, as coisas começaram a dançar em seu interior. Corpúsculos dançantes requebravam e batucavam em suas artérias. Ele se tornou uma gaiola de movimentos, um *palais de danse* ambulante. Era muitíssimo desconfortável, feito os sintomas preliminares de uma doença. Sentou-se num dos bancos de janela, carrancudo, fingindo ler.

À pianola, Henry Wimbush, fumando um charuto longo que era uma pilastra tubular de âmbar, com uma paciência serena, batia o pé no ritmo daquela arrasadora música dançante. Presos um ao outro, Gombauld e Anne se moviam com uma harmonia que fazia dos dois uma criatura só, de duas cabeças e quatro pernas. O sr. Scogan, solenemente apatetado, arrastava os pés pelo salão junto de Mary. Jenny sentara-se à sombra atrás do piano e aparentemente rabiscava alguma coisa num caderno vermelho. Nas poltronas, perto da lareira, Priscilla e o sr. Barbecue-Smith discutiam coisas mais elevadas, sem aparentemente se deixarem perturbar pela barulheira dos Planos Inferiores.

— O otimismo — disse o sr. Barbecue-Smith com um tom de finalidade, discursando em meio à melodia de "Wild, Wild Women" —, o otimismo é a abertura da alma para a luz; é uma expansão na direção e para o interior de Deus, é uma autounificação x-piritual com o Infinito.

— Isso é tão verdadeiro! — suspirou Priscilla, fazendo balançar o esplendor ameaçador de sua cabeleira.

— O pessimismo, por outro lado, é a contração da alma na direção das trevas; é uma concentração do eu num ponto dos Planos Inferiores; é uma escravidão x-piritual aos meros fatos, aos fenômenos físicos grosseiros.

— *They're making a wild man of me*[*] — o refrão se repetia na mente de Denis. Sim, estavam; para o inferno com elas! Um homem selvagem, mas não selvagem o bastante; esse era o problema. Selvagem por dentro; esbravejando, contorcendo-se; sim, "contorcendo-se" era a palavra, contorcendo-se de desejo. Mas, por fora, era incorrigivelmente dócil; por fora era... baá, baá, baá.

Lá estavam os dois, Anne e Gombauld, movendo-se juntos como se fossem uma criatura única e flexível. O animal de duas costas. E ele sentado num canto, fingindo ler, fingindo que não queria dançar, fingindo que desprezava isso de dançar. Por quê? Mais uma vez, era aquilo de ser baá-baá.

Por que foi que nascer com um rosto diferente? Por *quê*? Gombauld tinha um rosto de bronze — um daqueles aríetes antigos de bronze que golpeavam as muralhas das

---

[*] *Estão fazendo de mim um homem selvagem*. A música "Wild, Wild Woman" é do teatro de revista da Broadway *Doing Our Bit*, de 1917, e foi composta por Al Piantadosi e A. L. Wilson. (N. E.)

cidades até desabarem. Já ele nascera com um rosto diferente — um rosto lanoso.

A música parou. Aquela criatura única e harmoniosa se rachou em duas. Corada, um pouco resfolegante, Anne atravessou o salão aos bamboleios até chegar à pianola e apoiou a mão no ombro do sr. Wimbush:

— Uma valsa agora, por favor, tio Henry — pediu.

— Uma valsa — repetiu o homem, virando-se para o gabinete onde guardavam os cilindros. Tirou o cilindro antigo e colocou um novo, um escravo no moinho, complacente e de belíssima educação. "Rum; Tum; Rum-ti-ti; Tum-ti-ti…" A melodia se derramou viscosamente, como um navio que avança sobre uma onda lisa e oleosa. A criatura de quatro pernas, mais graciosa e mais harmoniosa do que nunca em seus movimentos, deslizou pelo piso. Ai, por que ele tinha nascido com um rosto diferente?

— O que está lendo?

Ele olhou para cima, sobressaltado. Era Mary. Ela havia se separado do abraço desconfortável do sr. Scogan, que agora tomara Jenny como vítima.

— O que está lendo?

— Não sei ao certo. — disse Denis, com sinceridade. Olhou o frontispício; o livro se chamava *O Vade Mecum do criador de animais*.

— Acho que você é muito sensato de ficar sentado aqui, lendo em silêncio — disse Mary, fitando-o com seus olhos de porcelana. — Não sei por que as pessoas dançam. É tão chato.

Denis não respondeu; ela o exacerbava. Da poltrona perto da lareira, ouviu a voz grave de Priscilla:

— Diga-me, sr. Barbecue-Smith... o senhor sabe tudo a respeito da ciência, eu sei... — Um ruído depreciativo veio da cadeira do sr. Barbecue-Smith. — Essa teoria de Einstein. Parece que bagunça todo o universo das estrelas. Me deixa tão preocupada quanto aos meus horóscopos. Entende...

Mary redobrou suas forças noutra investida:

— De quais poetas contemporâneos você gosta mais? — perguntou.

Denis ficou cheio de fúria. Por que aquela peste de garota não o deixava em paz? Ele queria escutar aquela música horrível e assistir eles dançando — ah, quanta graciosidade, como se tivessem sido feitos um para o outro! —, para saborear seu sofrimento em paz. E eis que ela vem e o submete a esse interrogatório absurdo! Ela era que nem as "Perguntas de Mangold": "Quais as três pragas do trigo?"; "De quais poetas contemporâneos você gosta mais?".

— Ferrugem, Broca e Coró — respondeu, com o laconismo de alguém que tem absoluta certeza de sua opinião.

Foram várias horas até Denis conseguir pegar no sono naquela noite. Sofrimentos vagos, porém agonizantes, possuíam sua mente. Não era apenas Anne que o desgraçava; sentia-se miserável a respeito de si mesmo, do futuro, da vida no geral, do universo.

— Esse negócio de adolescência — repetia para si mesmo de vez em quando — é horrivelmente tedioso. Mas o fato de conhecer sua doença não o ajudava a curá-la.

Após chutar e desfazer todas as roupas de cama, ele se levantou e buscou alívio na composição de alguma coisa. Queria aprisionar em palavras aquele sofrimento sem nome. Ao término de uma hora, nove versos mais ou menos completos emergiram em meio a borrões e rasuras.

Não entendo o que desejo
Quando se cala a noite escura de verão,
E dorme o coral sobejo
Do vento na ramagem tesa.
Anseio e não sei o que quero, então:
E nenhum riso ou som vital represa
O tempo sempre lúgubre e correndo.
Não entendo o que desejo,
Não entendo.

Ele leu o poema todo em voz alta; depois arremessou a folha rabiscada no cesto de lixo e voltou para a cama. Pouquíssimos minutos depois, já estava dormindo.

Capítulo XI

O sr. Barbecue-Smith havia partido. Ele saíra em um automóvel que o levaria até a estação; um vago cheiro de óleo queimado celebrava sua partida recente. Um destacamento considerável de pessoas fora até o pátio para se despedir dele e agora fazia a caminhada de retorno, dando a volta pela lateral da casa, rumo à varanda e ao jardim. Caminhavam em silêncio; ninguém ainda ousara comentar alguma coisa sobre o hóspede recém-partido.

— E então? — enfim disse Anne, voltando as sobrancelhas arqueadas inquiridoras na direção de Denis. — E então? — Era hora de alguém começar a dizer alguma coisa.

Denis recusou o convite e o repassou ao sr. Scogan:

— E então? — perguntou.

O sr. Scogan não respondeu; apenas repetiu a pergunta:

— E então?

Acabou sobrando para Henry Wimbush fazer um pronunciamento:

— Um acréscimo dos mais agradáveis ao nosso fim de semana — disse. Seu tom de voz era de obituário.

Haviam descido, sem prestar muita atenção aonde estavam indo, até a trilha íngreme dos teixos que levava à piscina lá embaixo, sob o flanco do quintal. O casarão assomava acima deles, imensamente alto, com toda a altura da varanda. somada aos seus próprios vinte metros de fachada de tijolos. As linhas perpendiculares das três torres se alçavam aos céus, ininterruptas, ampliando a impressão de altura até que ela se tornava avassaladora. Eles pararam à beira da piscina para olhar para trás.

— O homem que construiu esta casa sabia o que estava fazendo — disse Denis. — Era um arquiteto.

— Era mesmo? — disse Henry Wimbush, reflexivo. — Duvido. Quem a construiu foi sir Ferdinando Lapith, que floresceu durante o reinado da rainha Elizabeth. Ele a herdara de seu pai, que por sua vez a recebera na época da dissolução dos monastérios; pois Crome originalmente fora um claustro de monges, e a piscina tinha sido o laguinho onde criavam peixes. Sir Ferdinando não se contentou em meramente adaptar as antigas construções monásticas para os próprios propósitos; mas as utilizou como pedreira para seus celeiros, currais e banheiros externos e construiu para si mesmo todo um casarão novo de tijolos... a casa que vocês veem agora.

Ele fez um gesto com a mão na direção da casa e calou-se. Severa, imponente, quase ameaçadora, Crome assomava acima deles.

— O que é excelente a respeito de Crome — disse o sr. Scogan, aproveitando a deixa para falar — é o fato de ser tão inconfundível e agressivamente uma obra de arte. Não cede em nada à natureza; prefere afrontá-la e rebelar-se contra ela. Não tem a menor semelhança com a torre de Shelley, no "Epipsychidion", a qual, se me lembro corretamente...

[...] Parece a obra, não do humano arrojo,
Mas, qual fosse titânica, do bojo
Da terra seu semblante e forma ganha,
Cresce da pedra viva, da montanha,
E alça-se em grutas leves e elevadas

"Não, não; não há nada de bobagens desse tipo em Crome. É certo e adequado que os casebres dos camponeses pareçam surgir da terra, à qual os seus habitantes estão, sem dúvida, ligados. Mas a casa de um homem inteligente, civilizado e sofisticado jamais deve dar a impressão de ter brotado do barro. Em vez disso, há de ser uma expressão de sua distância grandiosa e antinatural dessa vida barrenta. Desde os tempos de William Morris este é um fato que nós, na Inglaterra, não conseguimos compreender. Homens civilizados e sofisticados brincaram solenemente de ser camponeses. Daí deriva nosso arcaísmo, o movimento arts and crafts, a arquitetura rústica e todo o resto. Nas áreas residenciais de nossas cidades, pode-se ver, reduplicadas em fileiras infinitas, adaptações e imitações estudadamente rústicas do casebre de vila. A pobreza, a ignorância e uma variedade limitada de materiais produziram o casebre, o qual, inserido no ambiente adequado, sem dúvida possui seu próprio charme 'qual fosse titânico'. Agora empregamos nossa riqueza, nosso conhecimento técnico e nossa farta variedade de materiais com o propósito de construir milhões de imitações de casebres em ambientes totalmente inadequados. É possível uma imbecilidade maior que essa?"

Henry Wimbush pegou o fio da meada de seu discurso interrompido.

— Tudo que o senhor diz, meu caro Scogan — começou —, é certamente muito justo e muito verdadeiro. Mas duvido bastante que sir Ferdinando partilhasse de sua perspectiva sobre a arquitetura ou, inclusive, que ao menos tivesse alguma perspectiva sobre a arquitetura. Ao construir esta casa, sir Ferdinando estava, a bem da verdade, preocupado com apenas um único pensamento — a devida instalação de suas latrinas. O saneamento era o grande interesse da sua vida. Em 1573, ele chegou até mesmo a publicar um livrinho a respeito (hoje extremamente difícil de encontrar) intitulado *Certas admoestaçoens sannitarias da autoria de hum dos mais honrozos membros do conselho sannitario de uossa Maiestade, F. L. Knight*, no qual toda a questão é tratada com grande erudição e elegância. O princípio que o orientava ao planejar o saneamento de uma casa era garantir a maior distância possível entre as latrinas e as instalações de esgoto. A consequência inevitável disso é que as latrinas acabariam sendo instaladas no andar superior da casa, conectadas por canaletas verticais aos fossos ou canais subterrâneos. Não se deve pensar que sir Ferdinando fosse inspirado apenas por considerações materiais e meramente sanitárias; para a instalação de suas latrinas numa posição exaltada, também tinha certas razões espirituais excelentes. Pois, ele argumenta no terceiro capítulo de suas *Admoestaçoens sannitarias*, as necessidades da natureza são tão vis e brutas que, quando obedecemos a elas, a tendência é esquecermo-nos de que somos as mais nobres criaturas do universo. A fim de contrabalancear esses efeitos degradantes, ele aconselhava que a latrina, em todas as casas, ficasse situada o mais perto possível do céu, que fosse bem guarnecida com janelas que apresentassem uma vista extensa e nobre, e que as paredes do aposento fossem forradas com estantes de livros contendo todos os frutos mais maduros da sabedoria humana, tais como os *Provérbios* de Salomão, *A consolação da filosofia* de Boécio, os apotegmas de Epiteto e Marco Aurélio, o *Manual do cavaleiro cristão* de Erasmo e todas as outras obras, antigas ou modernas, que sejam testemunho da nobreza da alma humana. Em Crome, ele pôde colocar suas teorias em prática. No topo de cada uma das três torres projetadas, instalou uma latrina. A partir delas, uma canaleta atravessa toda a altura da casa, isso é, mais de vinte metros de altura, atravessando os porões e caindo numa série de canais escavados no solo, no mesmo nível que a base da varanda elevada, e alimentados com água corrente. Esses desembocavam no córrego que fica a várias centenas de metros de distância do laguinho dos peixes. A profundidade total das canaletas, do topo das torres até os canais subterrâneos, era de trinta e um metros. O século XVIII, com sua paixão pela modernização, varreu esses monumentos à engenhosidade sanitária. Não fosse pela tradição e pelo relato explícito deixado por sir Ferdinando, jamais saberíamos que essas nobres latrinas ao menos existiram um dia. Era capaz até de imaginarmos que sir Ferdinando teria construído esta casa, seguindo um projeto tão estranho e esplêndido, baseado em motivos meramente estéticos.

A contemplação das glórias do passado sempre evocava um certo entusiasmo em Henry Wimbush. Sob o chapéu-coco cinzento, seu rosto trabalhava e reluzia enquanto falava. Pensar naquelas latrinas desaparecidas o comovia profundamente. Ele parou de falar, e a luz foi se apagando aos poucos de seu rosto, até tornar-se mais uma vez a réplica daquele chapéu sério e cortês que fazia sombra nele. Houve um longo silêncio; os mesmos pensamentos de uma melancolia suave pareceram possuir a mente de todos os presentes. A permanência, a transitoriedade — sir Ferdinando e suas latrinas haviam ficado no passado, e Crome ainda estava em pé. Como era radiante o brilho do sol e como era inevitável a morte! Estranhos, os caminhos de Deus, e mais estranhos ainda os do homem...

— Faz bem ao coração — exclamou o sr. Scogan, enfim —, ouvir falar desses fantásticos aristocratas ingleses. Ter uma teoria a respeito de latrinas e construir uma casa imensa e esplêndida para colocá-la em prática... isso é magnífico, é lindo! Gosto de pensar neles todos: os milordes excêntricos rodando pela Europa em carruagens altivas, ocupados de incumbências extraordinárias. Um deles rumando à Veneza para comprar a laringe de La Bianchi; é claro que só conseguirá depois que ela morrer, mas não faz mal. Está preparado para esperar, pois possui uma coleção, guardada em vidros de conserva, das gargantas de cantoras de ópera famosas. E os instrumentos dos virtuosos renomados... vai atrás deles também. Vai tentar subornar Paganini para abrir mão de seu pequeno Guarnerio, mas sem muitas esperanças de sucesso. Paganini não venderá seu violino, mas talvez sacrifique um de seus violões. Já outros têm como destino as Cruzadas... um terá uma morte miserável em meio aos gregos selvagens, e outro, com sua cartola branca, guiará os italianos contra seus opressores. Já outros não têm negócio algum; estão apenas arejando suas peculiaridades no continente. Em casa, cultivam-se ao seu bel-prazer e com maior elaboração. Beckford constrói torres, Portland cava buracos no chão, Cavendish, o milionário, vive num estábulo e não come nada que não seja carne de carneiro, divertindo-se (ah, apenas para seu deleite privado) em antecipar as descobertas elétricas que acontecerão dali a meio século. Excêntricos gloriosos! Todas as eras são avivadas com sua presença. Algum dia, meu caro Denis — disse o sr. Scogan, dirigindo um olhar brilhante para ele —, algum dia você há de se tornar o biógrafo deles... *As vidas de homens estranhos.* Que tema! Eu mesmo gostaria de empreendê-lo.

O sr. Scogan fez uma pausa e olhou para cima mais uma vez, para a casa que assomava, depois murmurou a palavra "excentricidade" umas duas ou três vezes.

— A excentricidade... é a justificativa de todas as aristocracias. Ela justifica a existência das classes ociosas, da riqueza herdada, dos privilégios e dotes, e todas as outras injustiças do tipo. Se for para fazer alguma coisa razoável neste mundo, é preciso ter uma classe de pessoas que estão seguras, a salvo da opinião pública, a salvo da pobreza, ociosas, livres da compulsão de desperdiçar seu tempo nas rotinas imbecis que atendem pelo nome de Trabalho Honesto. É preciso ter uma classe cujos membros possam pensar e fazer o que quiserem, dentro dos limites óbvios. É preciso ter uma classe cujos membros excêntricos possam satisfazer suas excentricidades e que estas no geral sejam toleradas e compreendidas. Isso é que é importante a respeito de uma aristocracia. Ela não só é excêntrica por si só (muitas vezes pomposamente), como também tolera e até encoraja a excentricidade nos outros. As excentricidades do artista e do pensador ultramoderno não inspiram nela aquele medo, desdém e asco que os burgueses sentem instintivamente por eles. É meio como uma Reserva para os

Peles-Vermelhas instalada no centro de uma vasta horda de Brancos Pobres... colonos, aliás. Dentro dos seus limites, os selvagens se divertem, amiúde, há de se admitir, um tanto grosseiramente, com um excesso de extravagância; e quando espíritos afins nascem fora do cercadinho, ela lhes oferece um tipo de refúgio contra o ódio que os Brancos Pobres, *en bons bourgeois*, esbanjam contra tudo que seja indômito ou fora do ordinário. Após a revolução social, não haverá Reservas; os Peles-Vermelhas morrerão afogados no grande mar de Brancos Pobres. E depois? Será que vão obrigá-lo a continuar escrevendo vilanelas, meu bom Denis? Será que você, ó triste Henry, terá permissão para morar nesta casa de latrinas esplêndidas, dando continuidade ao seu empenho tranquilo de explorar as minas de conhecimento fútil? Será que Anne...

— E o senhor — disse Anne, interrompendo-o —, será que o senhor terá a permissão para continuar falando?

— Pode ficar tranquila — respondeu o sr. Scogan — que não terei. Terei algum Trabalho Honesto para fazer.

Capítulo XII

"Ferrugem, Broca e Coró..." Mary estava intrigada, aflita. Talvez seus ouvidos lhe tivessem enganado. Talvez o que ele dissera, de fato, fora "Squire, Binyon e Shanks" ou "Childe, Blunden e Earp" ou até mesmo "Abercrombie, Drinkwater e Rabindranath Tagore". Talvez. Mas seus ouvidos jamais lhe tinham enganado antes. "Ferrugem, Broca e Coró". Era uma impressão distinta e indelével. "Ferrugem, Broca...", ela foi obrigada a chegar, com relutância, à conclusão de que Denis de fato pronunciara aquelas palavras improváveis. Ele a repelira deliberadamente em sua tentativa de começar uma discussão a sério. Que horrível. Um homem que não conversaria a sério com uma mulher só por ela ser mulher — ai, impossível! Era Egéria ou nada. Talvez Gombauld fosse mais satisfatório. É verdade que sua hereditariedade meridional era um pouco incômoda; mas era um trabalhador sério, pelo menos, e era com o seu trabalho que ela estaria se associando. E Denis? O que *era* Denis, afinal de contas? Um diletante, um amador...

Para servir como ateliê, Gombauld anexara um pequeno celeiro sem uso que ficava isolado num cercadinho verde pouco depois do pátio da fazenda. Era uma construção quadrada, de tijolos, com um telhado pontiagudo e janelinhas instaladas no alto de cada uma de suas paredes. Chegava-se à porta por uma escadinha de mão com quatro degraus, pois o celeiro ficava empoleirado acima do nível do solo, sobre quatro pedras cinzentas em formato de cogumelo,longe do alcance dos ratos. No interior, pairava um vago cheiro de poeira e teias de aranha; e as réstias estreitas de luz do sol que entravam, oblíquas, a todas as horas do dia por uma das janelinhas, estavam sempre animadas por partículas de pó prateadas. Ali Gombauld trabalhava com um tipo de ferocidade concentrada durante seis ou sete horas a cada dia. Estava atrás de algo novo, algo impressionante, se ao menos conseguisse capturar isso.

Ao longo dos últimos oito anos, quase metade dos quais empregados no processo de vencer a guerra, ele avançara industriosamente pela senda do Cubismo. Agora estava saindo pelo outro lado. Começara pintando uma natureza formalizada; depois, pouco a pouco, alçara-se da natureza para o mundo das formas puras, até no fim não pintar nada que não fossem seus próprios pensamentos, externalizados nas formas geométricas abstratas concebidas pela sua mente. Para ele, o processo era árduo e emocionante. E então, de forma muito repentina, ficara insatisfeito; sentia-se espremido e confinado a limitações intoleravelmente estreitas. Sentira-se humilhado ao descobrir como eram poucas, grosseiras e desinteressantes as formas que era capaz de inventar; já as invenções da natureza eram inumeráveis, inconcebivelmente sutis e elaboradas. Estava farto do Cubismo. Tinha ido para o outro lado. Mas a disciplina cubista o preservara de cair nos excessos da veneração à natureza. Dela, tomara as formas ricas, sutis e elaboradas, mas seu objetivo era sempre encaixá-las num todo que tivesse a formalidade e a simplicidade instigantes de uma ideia; combinar o realismo prodigioso com a simplificação prodigiosa. Lembranças das portentosas conquistas de Caravaggio o assombravam. Formas oriundas de uma realidade viva e buliçosa emergiam das trevas, transformavam-se em composições tão luminosamente simples e unívocas quanto uma ideia matemática. Ele pensava em *Vocação de são Mateus*, em *Crucificação de são Pedro*, em *Tocador de alaúde*, em *Madalena*. Ele possuía o segredo, aquele rufião espantoso, ele possuía o segredo! E agora Gombauld estava atrás da mesma coisa, no seu encalço. Sim, seria incrível, se conseguisse alcançar isso.

Já fazia muito tempo que uma ideia vinha borbulhando e se espalhando, feito uma levedura, em sua mente. Havia preparado uma pasta repleta de estudos, esboçado um desenho; e agora a ideia começava a tomar forma sobre a tela. Um homem caído do cavalo. O animal enorme, um puxador de carroça branco e macilento, preenchia a porção superior da tela com seu corpo portentoso. Sua cabeça, abaixada na direção do solo, ficava na sombra; o corpo imenso e ossudo era o que fisgava o olhar, o corpo e as pernas, que desciam de cada lado da pintura como os pilares de um arco. No chão, entre as pernas da besta que assomava, estava a figura encurtada de um homem, com a cabeça em extremo destaque, no primeiro plano, os braços jogados à direita e à esquerda. Uma luz branca e implacável se derramava de um ponto no primeiro plano, à direita. A alimária e o homem derrubado estavam fortemente iluminados; ao seu redor, além e atrás deles, estava a noite. Sozinhos na escuridão, um universo em si mesmo. O corpo do cavalo preenchia a parte superior da pintura; as pernas, os grandes cascos, congelados em inércia no meio da pisada, contida em ambos os lados. E debaixo estava o homem deitado, seu rosto encurtado no ponto focal no centro, os braços estirados na direção das laterais da pintura. Sob o arco da barriga do cavalo, entre as suas pernas, o olho perscrutava uma escuridão intensa; abaixo, o espaço era estreitado pela figura do homem prostrado. Um abismo central de trevas cercado por formas luminosas...

Mais de metade da pintura já fora concluída. Gombauld trabalhara a manhã inteira na figura do homem e agora dava uma pausa — o tempo de fumar um cigarro. Inclinando a cadeira até encostar na parede, olhou para a tela, pensativo. Estava contente e, ao mesmo tempo, desolado. Por si só, a coisa era boa; disso ele sabia. Mas aquilo que buscava, aquela coisa que seria tão incrível se apenas conseguisse alcançá-la — será que conseguira? Será que um dia conseguiria?

Três batidinhas — toc, toc, toc! Surpreso, Gombauld virou os olhos na direção da porta. Ninguém jamais o perturbava enquanto estava trabalhando. Era uma daquelas leis tácitas.

— Pode entrar! — falou alto.

A porta, entreaberta, foi escancarada, revelando, da cintura para cima, a silhueta de Mary. Ela havia ousado subir apenas metade da escada. Se ele não a quisesse, a debandada seria mais fácil e digna do que se subisse a escada inteira.

— Posso entrar? — perguntou.

— Certamente.

Ela subiu os últimos dois degraus aos pulinhos e passou pelo limiar num instante.

— Chegou uma carta para o senhor na segunda visita do carteiro — informou. — Achei que pudesse ser importante, por isso a trouxe para você. — Seus olhos, seu rosto infantil, estavam luminosamente cândidos quando lhe entregou a carta. Jamais se vira uma desculpa tão insubstancial.

Gombauld olhou para o envelope e o meteu no bolso, sem abri-lo.

— Por sorte — disse ele —, não é nada nem de longe importante. Mas muito obrigado, mesmo assim.

Fez-se um silêncio; Mary sentiu-se um tanto desconfortável.

— Posso dar uma olhada no que você andou pintando? — enfim ela teve coragem de dizer.

Gombauld havia fumado apenas metade do cigarro; em todo caso, não retomaria o trabalho até terminá-lo. Decidiu dar a ela os cinco minutos que o separavam da ponta amarga.

— Este é o melhor ponto de onde vê-lo — disse.

Mary admirou a pintura por um tempo sem dizer nada. De fato, não sabia o que dizer; estava perplexa, estava sem palavras. Esperava uma obra-prima cubista, e ali estava um quadro de um homem e um cavalo, não apenas reconhecíveis como tais, mas inclusive agressivamente no desenho. *Trompe-l'oeil* — não havia outra expressão para descrever a delineação daquela figura encurtada sob as patas pisoteantes do cavalo. O que deveria pensar? O que deveria dizer? Suas orientações lhe faltavam. Era possível admirar o representacionismo nos Mestres Antigos. Óbvio. Mas num moderno...? Aos dezoito, talvez tivesse pensado assim. Mas, agora, após cinco anos estudando em meio aos melhores dos juízes, sua reação instintiva a uma obra contemporânea de representação era desprezo — uma explosão de desdém zombeteiro. O que será que Gombauld estava aprontando? Ela havia se sentido tão segura em admirar sua obra antes. Mas naquele momento, no entanto, não sabia o que pensar. Era muito difícil, muito difícil.

— Tem um bom tanto de *chiaroscuro*, não tem? — arriscou dizer, enfim, parabenizando-se internamente por ter encontrado uma fórmula crítica ao mesmo tempo tão gentil e penetrante.

— Tem, sim — concordou Gombauld.

Mary estava contente; ele aceitara sua crítica; estavam tendo uma argumentação séria. Ela inclinou a cabeça para um dos lados e espremeu os olhos.

— Acho que está imensamente sofisticada — disse ela. — Mas é claro que é um pouco... um pouco... *trompe-l'oeil* demais para o meu gosto. — Ela olhou para Gombauld, que não respondeu, mas continuou fumando, mirando o tempo inteiro a sua pintura, em estado meditativo. Mary continuou, aos suspiros. — Quando estive em Paris, nesta primavera, vi muitas pinturas de Tschuplitski. Tenho uma tremenda admiração pela sua obra. É claro que hoje ela é assombrosamente abstrata... assombrosamente abstrata e assombrosamente intelectual. Ele só joga umas figuras retangulares na tela — é bem sem profundidade, sabe, e tudo pintado em cores primárias puras. Mas o estilo dele é maravilhoso. Vem ficando mais e mais abstrato a cada dia. Já havia desistido da terceira dimensão quando estive lá e estava considerando abrir mão da segunda. Logo, diz ele, restará apenas a tela em branco. É a conclusão lógica. A abstração completa. É o fim da pintura; está dando um fim nela. Quando chegar à pura abstração, partirá para a arquitetura. Diz que é mais intelectual do que as artes plásticas. Você concorda? — perguntou ela, com um suspiro final.

Gombauld deixou cair a bituca do cigarro e pisou nela.

— Tschuplitski deu um fim na pintura — arrematou.

— E eu dei um fim no meu cigarro. Mas vou continuar a pintar.

Então, avançando na direção dela, pôs um braço ao redor dos seus ombros e a fez dar meia-volta, afastando-a da tela.

Mary olhou para ele; seu cabelo atirado para trás, um sino silencioso de ouro. Os olhos dela estavam serenos; sorriu. Enfim, chegara o momento. O braço dele ao redor dela. Movia-se devagar, de modo quase imperceptível, e ela se movia junto. Era um abraço peripatético.

— Você concorda com ele? — repetiu ela. O momento poderia ter chegado, mas ela não deixaria de ser intelectual, séria.

— Não sei. Preciso pensar a respeito. — Gombauld afrouxou o abraço e retirou a mão do ombro. — Cuidado ao descer a escada — acrescentou, solícito.

Mary olhou ao redor, em choque. Estavam diante da porta aberta. Ela ficou parada ali, por um momento, abismada. A mão que havia repousado no seu ombro se fez sentir mais abaixo nas suas costas e desferiu três ou quatro tapinhas suaves. Como uma resposta automática a esse estímulo, deu um passo adiante.

— Cuidado ao descer a escada — disse Gombauld mais uma vez.

Ela tomou cuidado. A porta se fechou atrás dela, que ficou sozinha no cercadinho verde. Caminhou de volta devagar, atravessando o pátio da fazenda; estava pensativa.

Capítulo XIII

Henry Wimbush levara consigo à mesa de jantar um punhado de folhas impressas reunidas frouxamente numa pasta de papelão.

— Hoje — disse ele, exibindo-a com certa solenidade —, hoje eu concluí a impressão da minha *História de Crome*. Ajudei a montar os tipos da última página hoje à tarde.

— A famosa *História*? — clamou Anne. O processo de escrever e imprimir essa *Magnum Opus* vinha se desenrolando desde que ela era capaz de lembrar. Ao longo de toda a sua infância, a *História* do tio Henry tinha sido uma coisa vaga e fabulosa, sobre a qual muito se ouvia, mas nada jamais fora visto.

— Me tomou quase trinta anos — disse o sr. Wimbush. — Vinte e cinco anos escrevendo e quase quatro imprimindo. E agora está concluída... a crônica completa, desde o nascimento de sir Ferdinando Lapith até a morte do meu pai, William Wimbush... mais de três séculos e meio. Uma história de Crome, escrita em Crome e impressa em Crome, na minha própria prensa.

— Teremos permissão para ler, agora que foi concluída? — perguntou Denis.

O sr. Wimbush fez que sim com a cabeça.

— Com certeza — disse ele. — E espero que vocês não achem desinteressante — acrescentou, com modéstia. — Nossa sala de arquivo conta com toda uma riqueza em particular de documentos antigos, e tenho informações que genuinamente jogam toda uma nova luz sobre o tema da introdução do garfo de três pontas.

— E as pessoas? — perguntou Gombauld. — Sir Ferdinando e todas as outras... eram interessantes? Houve algum crime ou tragédia na família?

— Deixe-me ver. — Henry Wimbush passou a mão no queixo, pensativo. — Só consigo pensar em dois suicídios, uma morte violenta, quatro ou talvez cinco corações partidos e uma meia dúzia de pequenas máculas no brasão na forma de alianças equivocadas, seduções, filhos naturais e coisas assim. Não, no geral é um registro plácido e sem maiores acontecimentos.

— Os Wimbush e os Lapith sempre foram um grupo respeitável e pouco aventureiro — disse Priscilla, com um tom de escárnio na voz. — Ah, se eu fosse escrever a história da minha família! Ora, seria uma longa e contínua mácula do começo ao fim. — Ela deu uma risada jovial e se serviu de mais uma taça de vinho.

— Se eu fosse escrever a minha — comentou o sr. Scogan —, ela não existiria. Depois da segunda geração, nós, os Scogan, desaparecemos nas neblinas da antiguidade.

— Depois do jantar — disse Henry Wimbush, um pouco incomodado com o comentário depreciativo da esposa a respeito dos mestres de Crome — lerei para vocês um episódio da minha *História* que os levará a admitir que até mesmo os Lapith, a seu próprio e respeitável modo, já tiveram lá suas tragédias e aventuras estranhas.

— Fico feliz em ouvir — disse Priscilla.

— Feliz em ouvir o quê? — perguntou Jenny, que emergiu, de repente, de seu mundinho interior e privado feito um cuco de relógio. Então recebeu uma explicação, sorriu, fez que sim com a cabeça, projetou-a como um cuco — Entendo — e a recolheu, batendo e trancando a portinhola atrás de si.

Jantaram e o grupo passou para a sala de visitas.

—Agora — disse Henry Wimbush, puxando uma cadeira para perto do abajur. Colocou seu pincenê redondo, com aros de casco de tartaruga, e começou a virar cautelosamente as páginas de seu livro solto e ainda fragmentário. Enfim encontrou o ponto. — Posso começar? —perguntou, olhando para cima.

— Pode — disse Priscilla, com um bocejo.

No meio de um silêncio atento, o sr. Wimbush deu uma tossidinha preliminar e começou a leitura.

— A criança que estava destinada a se tornar o quarto baronete de sobrenome Lapith nasceu no ano de 1740. Foi um bebê muito miúdo, pesando não mais do que um quilo e trezentos gramas ao nascer, porém, desde o começo exibia robustez e saúde. Em homenagem ao avô materno, sir Hercules Occam, de Bishop's Occam, foi batizado com o nome de Hercules. Sua mãe, como tantas outras mães, tinha um caderninho no qual o seu progresso, mês a mês, era registrado. Ele começou a andar aos dez meses de idade e já havia aprendido a pronunciar várias palavras antes de completar dois anos. Aos três pesava apenas dez quilos, e

Amarelo-cromo 103

aos seis, embora soubesse ler e escrever perfeitamente e demonstrasse aptidão notável para a música, não era maior nem mais pesado do que uma criança bem crescida de dois anos. Enquanto isso, sua mãe engendrara outras duas crianças, um casal, uma das quais morreu de difteria ainda bebê, e a outra foi levada pela varíola antes de completar cinco anos de idade. Hercules foi o único filho sobrevivente.

"No aniversário de doze anos, Hercules ainda media somente noventa e seis centímetros de altura. Sua cabeça, belíssima, de formato nobre, era grande demais para o corpo, porém suas proporções, no mais, eram primorosas e dotadas de grande força e agilidade para o seu tamanho. Os pais, na esperança de fazê-lo crescer, consultaram-se com todos os médicos mais proeminentes da época. Suas várias receitas foram seguidas à risca, porém em vão. Um deles ordenou uma dieta abundante à base de carne; outro prescreveu exercícios; e um terceiro construiu um pequeno cavalete, com base naqueles empregados pela Santa Inquisição, no qual o jovem Hercules era estirado, com tormentos excruciantes, durante meia hora a cada manhã e fim de tarde. Ao longo dos três anos seguintes, Hercules ganhou talvez cinco centímetros. Depois disso, seu crescimento cessou por completo, e ele passou o restante da vida como um pigmeu de cento e um centímetros de altura. O pai, que depositara as esperanças mais extravagantes no filho, planejando para ele, em sua imaginação, uma carreira militar equivalente à de Marlborough, viu-se decepcionado. 'Eu trouxe um aborto ao mundo', dizia, desenvolvendo tamanha e violenta aversão pelo filho que o menino mal ousava ficar em sua presença. Seu temperamento, que sempre fora sereno, tornou-se melancólico e selvagem por conta da decepção. Evitava a companhia de quem quer que fosse (constrangido, como dizia, de se apresentar como o pai de um *lusus naturae* em meio aos seres humanos normais e saudáveis) e passou a beber sozinho, o que rapidamente o conduziu à sepultura; pois no ano anterior à chegada da maioridade de Hercules seu pai foi levado por uma apoplexia. Sua mãe, cujo amor por ele só crescia conforme aumentava o desgosto do pai, não sobreviveu por muito mais tempo, sucumbindo pouco depois de um ano após a morte do marido, por conta de um surto de febre tifoide após comer duas dúzias de ostras.

"Hercules viu-se, portanto, aos vinte e um anos, sozinho no mundo e senhor de uma fortuna considerável, incluindo a propriedade e a mansão de Crome. A beleza e a inteligência de sua infância haviam perdurado até a idade adulta, e ele teria tomado o seu lugar, não fosse a estatura nanica, em meio aos jovens mais belos e talentosos de sua época. Possuía um bom repertório de autores gregos e latinos, além de todos os modernos de algum mérito que já tivessem escrito algo em inglês, francês ou italiano. Possuía um bom ouvido para a música e distinguia-se enquanto intérprete quando o assunto era o violino, que tocava como uma viola da gamba, sentado na cadeira com o instrumento entre as pernas. Era parcial ao extremo à música do cravo e do clavicórdio, mas a miudeza de suas mãos o impossibilitava de tocar esses instrumentos. Mandou fazerem uma pequena flauta de marfim, na qual tocava uma simples jiga ou ária campestre sempre que se sentia melancólico, afirmando que essa música rústica tinha maior poder para purificar e elevar o espírito do que as produções mais artificiais dos mestres. Desde cedo, praticou a composição da poesia, porém, embora consciente de seus grandes poderes nessa arte, jamais publicaria qualquer espécime de seus escritos. 'Minha estatura', dizia, 'se reflete em meus versos; se o público os lesse, seria não por eu ser poeta, mas por ser anão'. Vários livros manuscritos de poemas de sir Hercules sobreviveram. Um único espécime há de bastar para iluminar suas qualidades enquanto poeta.

> No vicejar do mundo, os dias do passado,
> Antes de Homero, de Abraão e seu cajado,
> Eis Tubal a domar o fogo da criação,
> E Jabal entre as tendas, Jubal e a canção;
> Nasce a raça dos monstros, da carne corrupta,
> Gigantes vis pisando a terra diminuta,
> Até Deus, impaciente co'essa corja espúria,
> No Dilúvio afogou-os em meio à Sua fúria.
> Telo, de novo fértil, pôs-se a engendrar,
> Repovoada, o Herói canhestro, o Militar;
> Musculosos baluartes, de Crânio vazio,
> Audácia sem engenho, heroísmo sem brio.
> Com longas eras, torna-se o Homem mais fasto
> De músculos mais leves, Espírito mais vasto,
> Que ri das ancestrais espada, besta e lança
> E no maneio da Pena e do Lápis avança.
> Pela página escrita, pela tela rara,
> De era em era, seu nome ele imortalizara,
> O templo à Fama em seu mural seu nome ostenta;
> Pois, ao que a Raça Humana encolhe, a Arte aumenta.
> Assim rastreamos do homem seu longo progresso;
> Morre o Gigante, então faz o herói seu ingresso;
> Reles Gigante, estúpido heroico Fantoche:
> Dos dois, um nos inspira medo, o outro deboche.
> O homem surge, enfim. Nele, a chama d'alma, pura,
> Mais reluz se não é discordante a estrutura.

Antes, de Heróis em guerra a Gigantes enormes,
Pilhas de matéria eram os homens, disformes;
E, cansado de fermentar tão vasta massa,
O espírito dormia, a mente era escassa.
A carcaça menor desses dias finais
Logo se molda; a Alma brinca, pertinaz,
E feito Faros lança seus raios mentais.
Mas pensamos que o homem, pela Providência,
Será detido em seu caminho de ascendência?
Acaso a humanidade, em entendimento e graça,
Conseguiu ir além da Gigantesca raça?
Ai, ímpia ideia! Pela mão de Deus regida,
Avança a humanidade à Terra Prometida.
Virá a era (profética, a mente vislumbra
Remotas alvoradas num céu de penumbra),
Quando os mortais da Idade de Ouro, em alegria,
Farão voltar as folhas da história sombria,
E contemplarão, no Homem atual, exaltado,
Tão crassa a forma, o Espírito tão embotado,
Quanto nos Gigantes, os guerreiros do passado.
Virá a era, pois, para que a alma então se veja
Toda liberta da matéria que sobeja;
Quando, ágil feito a corça, o corpo gracioso
Folgará com leveza em meio ao prado airoso.
Herdará a Terra, a cria final de Natura,
O homem aperfeiçoado, mais gentil criatura.
Mas, ah, ainda não! Pois a raça dos Gigantes,
Pisa a face da Terra, embora não como antes;
Repulsivo e soez, de um orgulho perverso,
O homem canta seus próprios defeitos em verso.
Tão vaidoso de seu tamanho, ele chafurda
Na feiura gigante, na vaidade absurda;
Ao que é pequeno aponta seu desdém mofino
E, sendo um monstro, crê-se filho do divino.

Funesta é a sina, ah, é funesta deveras,
Dos raros precursores das futuras eras!
Que, da estirpe mais nobre, áurea glória antecipam,
Mas, apontando para o Céu, o Inferno habitam.

"Assim que herdou a propriedade, sir Hercules começou a reformar seu domicílio. Pois embora não tivesse a menor vergonha de sua deformidade (de fato, se pudermos julgar pelo poema supracitado, ele se considerava, em diversos sentidos, superior à raça humana ordinária), ele considerava constrangedora a presença de homens e mulheres plenamente desenvolvidos. Percebendo que deveria também abandonar todas as ambições do vasto mundo, decidiu retirar-se dele de maneira absoluta a fim de criar em Crome, digamos assim, um mundo particular seu, no qual tudo lhe seria proporcional. Para isso, demitiu todos os antigos criados da casa, substituindo-os gradualmente, conforme encontrava sucessores adequados, por outros de estatura nanica. Ao cabo de alguns anos, reunira ao seu redor um quadro numeroso, no qual nenhum membro tinha mais de um metro e vinte de altura, e o menor dentre eles mal chegava a oitenta centímetros. Os cães do seu pai, incluindo setters, mastins, galgos e uma matilha de beagles, foram vendidos ou doados, por serem grandes demais e baguceiros demais para sua casa, e acabaram substituídos por pugs e spaniels king charles e quaisquer outras raças de cachorro que fossem as menores. O estábulo do pai também foi vendido. Para uso próprio, fosse para montaria ou condução, ele possuía seis pôneis shetland de pelagem preta, mais quatro animais malhados de primeiríssima qualidade da raça new forest.

"Tendo, portanto, moldado a sua casa para satisfazê-lo nos mínimos detalhes, faltava-lhe apenas encontrar uma companhia digna com quem dividir esse paraíso. Sir Hercules tinha um coração suscetível e, mais de uma vez, entre os dezesseis e os vinte anos, sentira o que era amar. Mas neste quesito a sua deformidade fora uma fonte da mais amarga humilhação, pois, tendo certa vez ousado declarar-se para uma donzela de sua escolha, sua declaração fora recebida às gargalhadas. Ao persistir, ela o apanhara no colo e o sacudira como uma criança inoportuna, com ordens para que fosse embora e não mais a atormentasse. A história logo começou a circular... e, de fato, a própria donzela costumava contá-la como uma anedota particularmente prazenteira... e as provocações e zombarias que ocasionou foram, para Hercules, fonte da mais aguda aflição. A partir dos poemas compostos nesse período, compreendemos que ele contemplava tirar a própria vida. Com o tempo, no entanto, conseguiu superar essa humilhação; porém, embora se apaixonasse com frequência, e sempre fervorosamente, jamais ousara de novo tentar aproximar-se de quem tinha interesse. Após herdar a propriedade e descobrir-se em posição de criar seu próprio mundo da forma que desejasse, viu que, se pretendia se casar (o que desejava imensamente, por ser de um temperamento afetuoso e, de fato, amoroso), teria que escolher sua esposa da forma que escolhera a criadagem... dentre a raça dos anões. Mas era um tanto difícil, descobriu, encontrar uma esposa adequada; pois não estava disposto a se casar com alguém que não se distinguisse por sua beleza e nobreza de nascimento. A filha anã de lorde Bemboro ele recusou, porque além de pigmeia, era corcunda; enquanto outra donzela, uma órfã de uma excelente família de Hampshire, rejeitou pelo fato de que, assim como tantas anãs, tinha um rosto murcho e repulsivo. Por fim, quando já estava quase desesperado, ouviu de uma fonte confiável que o conde Titimalo, um nobre de Veneza, tinha uma filha de beleza fenomenal e grandes talentos, que media apenas noventa centímetros de altura. Partindo rumo a Veneza imediatamente, assim que chegou saiu para prestar homenagem ao conde, que foi encontrado morando com a esposa e cinco filhos num apartamento bastante medíocre num dos bairros mais pobres da cidade. De fato, tamanha fora a redução sofrida pelo conde em suas condições que, já naquela época, negociava (segundo boatos) com uma trupe viajante de palhaços e acrobatas (que sofrera o infortúnio de perder a anã com quem se apresentavam) a aquisição de sua miúda filha Filomena. Sir Hercules chegou a tempo de salvá-la desse destino adverso, pois tamanho foi seu encanto pela graça e beleza de Filomena que, ao término de três dias de cortejo, ele lhe fez uma oferta formal de casamento, que foi aceita por ela e também por seu pai com a mesma alegria, imaginando que um genro inglês seria uma rica e estável fonte de renda. Após um casamento sem maiores ostentações, do qual um embaixador inglês serviu como uma das testemunhas, sir Hercules e sua noiva retornaram, pelo mar, à Inglaterra, onde se acomodaram, depois ficou provado, numa vida de felicidade tranquila.

"Crome e seu quadro de anões deleitaram Filomena, que se sentia agora, pela primeira vez na vida, uma mulher livre vivendo em meio aos seus pares num mundo amistoso. Ela tinha muitos gostos em comum com o marido, especialmente em termos de música. Era dona de uma belíssima voz, surpreendentemente poderosa para um corpo tão pequeno, sendo capaz de atingir sem esforço as notas de um contralto. Acompanhada pelo marido com seu refinado violino Cremona, que ele tocava, como já mencionado, feito uma viola de gamba, ela cantava todas as árias mais vívidas e doces das óperas e cantatas de seu país natal. Sentados juntos ao cravo, descobriram que, com suas quatro mãos, eram capazes de tocar todas as músicas compostas para duas mãos de tamanho ordinário, uma circunstância que dava a sir Hercules um prazer infalível.

"Quando não estavam fazendo música ou lendo juntos, o que era frequente, tanto em inglês quanto em italiano, os dois passavam o tempo fazendo salutares exercícios ao ar livre, por vezes remando num barquinho sobre o lago, mas o mais comum das vezes montando ou conduzindo cavalos, ocupações nas quais Filomena encontrava todo um deleite especial, por lhe serem novidades. Assim que se tornara uma cavaleira amazona de perfeita proficiência, Filomena e seu marido costumavam sair para caçar no bosque, numa época em que este era muito mais extenso do que é agora. Caçavam não raposas, nem lebres, mas coelhos, usando uma matilha de cerca de trinta pugs de pelagem preta e fulva, um tipo de cão que, se não for engordado demasiadamente, é capaz de caçar um coelho tão bem quanto qualquer outra das raças menores. Quatro cavalariços anões, trajando librés escarlate e montados em pôneis exmoor brancos, caçavam com a matilha, enquanto seu amo e sua ama, de hábitos verdes, seguiam montados ou em pôneis shetland de pelagem preta ou em pôneis new forest de pelagem malhada. Uma imagem da caçada toda — cães, cavalos, cavalariços e amos — foi pintada por William Stubbs, cuja obra sir Hercules tanto admirava que chegou a convidá-lo, embora fosse um homem de estatura ordinária, para uma estadia na mansão, com o propósito de executar essa pintura. Stubbs pintara igualmente um retrato de sir Hercules e sua senhora conduzindo a caleche esmaltada de verde puxada por quatro shetlands pretos. Sir Hercules traja um casaco de veludo cor de ameixa e culotes brancos; Filomena veste musselina florida e um chapelão com plumas rosadas. As duas figuras em sua carruagem jovial contrastam bastante com o fundo escuro das árvores; mas, à esquerda do quadro, as árvores começam a rarear e desaparecem, de modo que os quatro pôneis pretos são vistos contra um céu pálido e estranhamente lúrido, que tem a coloração áurea e pardacenta de nuvens carregadas iluminadas pelo sol.

"Assim passaram-se quatro anos de felicidade. Ao término desse período, Filomena descobriu-se grávida. Sir Hercules transbordava de felicidade. 'Se Deus é bom', escreveu em seu diário, 'o nome dos Lapith será preservado e nossa raça, mais rara e mais delicada, será transmitida pelas gerações até que, na plenitude do tempo, o mundo venha a reconhecer a superioridade desses seres de que hoje se utiliza para a zombaria'. Quando sua esposa deu à luz um filho, ele escreveu um poema com o mesmo intento. A criança foi batizada com o nome de Ferdinando, em memória daquele que construíra a casa.

"Com a passagem dos meses, um certo senso de inquietude começou a invadir as mentes de sir Hercules e sua senhora. Pois a criança crescia com uma rapidez extraordinária. Com um ano, ela já tinha o mesmo peso que Hercules tivera aos três. 'Ferdinando está num *crescendo*', escreveu Filomena em seu diário. 'Não parece natural.' Aos dezoito meses, o bebê tinha quase a altura do menor jóquei da residência, que era um homem de trinta e seis anos. Seria possível que Ferdinando estivesse destinado a se tornar um homem de proporções normais, gigantescas? Era um pensamento que nenhum dos pais ousava pronunciar em voz alta, porém servia de assunto para reflexões profundas de terror e desalento no sigilo de seus respectivos diários.

"No seu terceiro aniversário, Ferdinando era mais alto que a mãe e estava a uns poucos centímetros de alcançar a altura do seu pai. 'Hoje, pela primeira vez', escreveu sir Hercules, 'nós discutimos a situação. A verdade hedionda não pode mais ser ocultada: Ferdinando não é um de nós. Neste seu terceiro aniversário, uma data na qual deveríamos estar celebrando a saúde, a força e a beleza de nosso filho, choramos juntos sobre a ruína de nossa felicidade. Deus, dai-nos força para carregar esta cruz.' Aos oito anos, Ferdinando era tão grande e dotado de uma saúde tão exuberante que seus pais decidiram, ainda que com relutância, enviá-lo à escola. Foi despachado para Eton no começo do semestre seguinte. Uma paz profunda se instalou na casa. Ferdinando voltou para as férias de verão maior e mais forte do que nunca. Certo dia ele derrubou o mordomo e quebrou seu braço. 'Falta-lhe consideração, e ele é grosseiro e insuscetível à persuasão', escreveu o pai. 'A única coisa capaz de ensiná-lo a ter modos é o castigo corporal.' Ferdinando, que, com essa idade, já tinha quarenta e três centímetros a mais que o pai, não recebeu nenhum castigo do tipo.

"Nas férias de verão, cerca de três anos depois, Ferdinando retornou a Crome acompanhado de um mastim imenso. Ele o adquirira de um velho em Windsor que achava dispendioso demais alimentar a fera. Era um animal selvagem e imprevisível; mal tivera tempo de entrar na re-

Amarelo-cromo 113

sidência e já atacou um dos pugs favoritos de sir Hercules, apanhando a criatura em suas mandíbulas e sacudindo-a até estar quase morta. Extremamente abalado por essa ocorrência, sir Hercules deu ordens para que a fera fosse acorrentada no estábulo. Ferdinando respondeu, taciturno, que o cão era seu e que ficaria onde ele quisesse. Seu pai, enfurecendo-se, mandou-o retirar o animal de dentro da casa imediatamente, do contrário, ficaria descontente ao extremo. Ferdinando recusou-se a mexer um dedo que fosse. Sua mãe, naquele momento, adentrou a sala, e o cão voou para cima dela, derrubando-a. Num átimo, já havia mutilado severamente seu braço e ombro; em mais um instante, não há dúvidas de que teria mordido seu pescoço, não fosse por sir Hercules, que sacou sua espada e golpeou o animal bem no coração. Voltando-se para o filho, deu ordens para que saísse da sala imediatamente, pois era indigno de permanecer no mesmo espaço que a sua mãe, que havia acabado de quase matar. Tão impressionante foi esse espetáculo — sir Hercules pisando com um pé só a carcaça do cão gigantesco, a espada em riste, ainda sangrenta —, tão soberanos eram a sua voz, os seus gestos e a expressão em seu rosto, que Ferdinando escapuliu da sala aterrorizado, comportando-se durante todo o restante das férias de modo inteiramente exemplar. Sua mãe logo se recuperou das mordidas do mastim, mas era indelével o efeito que essa aventura tivera em sua mente; daquele momento em diante, ela viveu para sempre em meio a terrores imaginários.

"Os dois anos que Ferdinando passou no Continente, fazendo um Grand Tour, foram um período de repouso feliz para seus pais. Porém, mesmo assim, eles se viam assombrados pelos pensamentos quanto ao futuro; tampouco podiam se consolar com todas as distrações dos tempos de outrora. A senhora Filomena perdera a voz, e as dores reumáticas de sir Hercules o impediam de tocar violino. É verdade que ele ainda caçava com seus pugs, mas a esposa sentia-se velha demais e, desde o episódio do mastim, nervosa demais para esses esportes. No máximo, para agradar o marido, ela acompanhava a caçada, de longe, num pequeno cabriolé puxado pelo mais velho e mais cauteloso dos shetlands.

"Enfim chegou o dia marcado para o retorno de Ferdinando. Filomena, passando mal por conta de vagos pavores e pressentimentos, retirou-se para seus aposentos e seu leito. Sir Hercules recebeu, sozinho, o filho. Um gigante usando um traje pardo de viagem adentrou a sala. 'Bem-vindo de volta, meu filho', disse sir Hercules, com uma voz um tanto trêmula.

"'Espero que esteja bem, senhor'. Ferdinando se abaixou para apertar a mão do pai e depois se endireitou novamente. O topo da cabeça do pai chegava na altura do seu quadril.

Ferdinando não viera sozinho. Dois amigos da sua idade o acompanhavam, e cada um dos jovens trouxera um criado. Havia mais de trinta anos que Crome não era profanada pela presença de tantos membros da raça comum dos homens. Sir Hercules ficou indignado e perplexo, mas era preciso obedecer às leis da hospitalidade. Com uma polidez solene, recebeu os jovens cavalheiros e enviou os criados para a cozinha, com ordens de que deveriam ser bem tratados.

"A velha mesa de jantar da família foi arrastada de volta à luz e espanada (sir Hercules e sua senhora estavam acostumados a jantar numa pequena mesa de cinquenta centímetros de altura). Simon, o mordomo idoso que mal conseguia alcançar com os olhos a borda da mesa grande, precisou da ajuda dos três criados trazidos por Ferdinando e seus convidados para servir a ceia.

"Sir Hercules presidiu à mesa, e com sua graça costumeira sustentou uma conversa sobre os prazeres das viagens ao exterior, as belezas artísticas e naturais que se encontram lá fora, a ópera de Veneza, o canto dos órfãos nas igrejas da mesma cidade e outros assuntos de semelhante natureza. Os jovens não prestaram muita atenção aos seus discursos; estavam ocupados em observar os esforços do mordomo para trocar os pratos e encher os copos. Seus risos eram disfarçados por acessos violentos e repetidos de tosse e engasgos. Sir Hercules fingiu não reparar, mas mudou o assunto da conversa para esportes. Nessa ocasião, um dos jovens perguntou se era verdade o que ouvira, que ele costumava caçar coelhos com uma matilha de pugs. Sir Hercules respondeu que sim e passou a descrever a caçada com riqueza de detalhes. Os jovens rugiam de tanto gargalhar.

"Quando a ceia terminou, sir Hercules desceu da cadeira e, com a desculpa de que precisava ver como estava a sua senhora, desejou-lhes boa noite. O som das gargalhadas o acompanhou enquanto subia as escadas. Filomena não estava adormecida, mas sim deitada na cama, escutando o som das enormes gargalhadas e os passos de pés estranhamente pesados nas escadas e pelos corredores. Sir Hercules puxou uma cadeira até o lado da cama e se sentou ali por um longo período, em silêncio, segurando a mão da esposa e às vezes apertando-a de leve. Por volta das dez horas, foram surpreendidos por um ruído violento. Ouviu-se o tilintar de vidro quebrando, um pisotear de pés e um estouro de gritos e risadas. Comoo tumulto continuou durante vários minutos, sir Hercules se levantou e, a contrapelo dos pedidos da esposa, preparou-se para ir ver o que estava acontecendo. Não havia iluminação nas escadas, e sir Hercules desceu tateando com cuidado, abaixando-se de degrau a degrau e parando por um momento em cada um deles antes de se aventurar no próximo. O tumulto era mais alto ali; e a gritaria se articulava de modo a formar palavras e expressões reconhecíveis. Um rastro de luz se fazia visível sob a porta da sala de jantar. Sir Hercules atravessou o salão nessa direção, na ponta dos pés. Assim que se aproximou da porta, chegaram mais sons assombrosos do tilintar de vidros quebrados e clangores de metal. O que será que estavam fazendo? Na ponta dos pés, conseguiu espiar pelo buraco da fechadura. No meio da mesa devastada, o velho Simon, o mordomo, estava tão bêbado que mal conseguia manter o equilíbrio e dançava uma jiga. Seus pés esmagavam e faziam tinir os cacos de vidro e seus sapatos estavam encharcados do vinho derramado. Os três jovens, sentados ao seu redor, batiam na mesa com as mãos ou com as garrafas vazias de vinho, rindo e gritando palavras de encorajamento. Os três criados, apoiados na parede, também davam risada. Ferdinando de repente arremessou um punhado de nozes na cabeça do dançarino, o que causou tamanha confusão e surpresa no homenzinho que ele saiu cambaleante e caiu de costas, derrubando um decantador e várias taças. Eles o levantaram, deram-lhe um pouco de conhaque para beber e um tapa nas costas. O velho sorria e soluçava. 'Amanhã',

Amarelo-cromo 117

disse Ferdinando, 'vamos fazer um concerto de balé com o quadro todo.' 'Com o pai Hercules usando a sua clava e pele de leão', acrescentou um dos companheiros, e os três rugiram de tanto gargalhar.

"Sir Hercules decidiu que não ficaria mais olhando e ouvindo aquilo. Mais uma vez atravessou o salão e começou a subir as escadas, erguendo os joelhos dolorosamente a cada degrau. Era o fim; não havia mais lugar para ele no mundo agora, não havia lugar para ele e Ferdinando juntos.

"Sua esposa ainda estava acordada, e ele respondeu ao seu olhar inquisitivo: 'Estão zombando do velho Simon. Amanhã será a nossa vez'. Ficaram em silêncio por um tempo.

"Enfim Filomena pronunciou-se: 'Não quero ver o amanhã'.

"'É melhor não', disse sir Hercules. Á mesa do quarto de vestir, redigiu no diário um relato completo e meticuloso de todos os eventos daquela noite. Enquanto ainda estava empenhado nessa tarefa, convocou um criado com o sino e deu ordens para lhe prepararem água quente e um banho às onze horas. Assim que terminou de escrever, foi aos aposentos da esposa e preparou uma dose de ópio vinte vezes mais forte do que aquela à que ela estava acostumada a tomar quando não conseguia pegar no sono. Levou-a até ela, dizendo: 'Aqui está o seu remédio para dormir'.

"Filomena apanhou o copo e ficou ali deitada por um tempo, mas não bebeu na hora. Seus olhos marejaram. 'Tu te lembras das canções que cantávamos juntos, sentados *sulla terrazza* no verão?' Ela começou a cantar, suavemente, com o que era o fantasma da sua voz rachada, os primeiros compassos de *'Amor, amor, non dormir piu'*, de Stradella.

'E você tocando o violino. Parece-me que foi tão recente, e ao mesmo tempo há tanto, tanto, tanto tempo atrás. *Addio, amore. A rivederti.*' Ela bebeu e, repousando sobre o travesseiro, fechou os olhos. Sir Hercules beijou sua mão e saiu na ponta dos pés, como se tivesse medo de despertá-la. Voltou ao quarto de vestir e, tendo registrado as últimas palavras da esposa, derramou na banheira a água que lhe fora levada de acordo com suas ordens. Estava quente demais para entrar na banheira de uma vez, por isso ele fez descer da estante um exemplar de Suetônio. Queria ler como fora a morte de Sêneca. Abriu o livro numa página aleatória. 'Mas os anões', leu, 'ele abominava, por serem *lusus naturae* e maus presságios.' Retraiu-se como se tivesse sido atingido por uma bofetada. Aquele mesmo Augusto, ele lembrava, havia exibido no anfiteatro um jovem chamado Lúcio, de boa família, que mal chegava a sessenta centímetros de altura e pesava oito quilos, mas era dono de uma voz retumbante. Foi virando as páginas. Tibério, Calígula, Cláudio, Nero: era uma história de um horror cada vez maior. 'Sêneca, seu preceptor, foi obrigado a cometer suicídio.' E aí havia Petrônio, que mandara chamar seus amigos nas horas finais, ordenando que conversassem com ele, não sobre as consolações da filosofia, mas sobre o amor e os galanteios, enquanto a vida vazava das suas veias abertas. Mergulhando a pena uma última vez na tinta, escreveu na última página do diário: 'Ele morreu uma morte romana'. E então, ao mergulhar os dedos de um dos pés na água e descobrir que não estava demasiadamente quente, tirou e arremessou o robe e, apanhando uma navalha, sentou-se na banheira. Com um corte profundo, abriu a artéria do pulso esquerdo e então deitou-se e voltou sua mente à meditação. O sangue escorria, fluindo pela água em círculos e espirais que se dissolviam. Em pouco tempo, a banheira toda estava tingida de rosa. A cor foi se tornando mais forte; sir Hercules sentiu-se dominado por uma sonolência invencível; afundando de sonho vago em sonho vago. Logo estava num sono profundo. Não havia muito sangue naquele seu corpinho."

Capítulo XIV

Para o café depois do almoço, o grupo costumava passar para a biblioteca. As janelas eram voltadas para o leste, e naquela hora do dia, era o lugar mais fresco da casa inteira. Era um cômodo amplo, que fora equipado, durante o século XVIII, com prateleiras de estilo elegante pintadas de branco. No centro de uma das paredes havia uma porta, engenhosamente guarnecida com fileiras de livros falsos, que dava acesso a um armário profundo, onde, em meio a uma pilha de pastas de documentos e jornais velhos, um sarcófago de uma mulher egípcia, levado até ali pelo segundo sir Ferdinando no seu retorno do Grand Tour, apodrecia na escuridão. A uns dez metros de distância e à primeira vista, era quase possível confundir aquela porta secreta com uma seção das estantes preenchida com livros genuínos. Com a xícara de café na mão, o sr. Scogan estava parado em frente à prateleira de livros falsos. Discursava entre goladas:

— A prateleira inferior — dizia — está ocupada por uma enciclopédia de quatorze volumes. Útil, porém um tanto enfadonha, o que também se aplica ao *Dicionário do idioma finlandês*, de Caprimulge. O *Dicionário biográfico* parece muito mais promissor. *A biografia dos homens que nasceram grandes, A biografia dos homens que conquistaram a grandeza, A biografia dos homens aos quais a grandeza foi-lhes imposta* e *A biografia dos homens que jamais foram grandes.* E então temos os dez volumes das *Obras e errâncias de Thom*, enquanto *O catador de coquinhos: um romance*, de autor anônimo, preenche não menos que seis. Mas o que é isso, o que é isso? — O sr. Scogan levantou-se na ponta dos pés e olhou para cima. — Sete volumes dos *Contos de Knockespotch. Os Contos de Knockespotch* — repetiu. — Ah, meu querido Henry — disse, dando meia-volta —, esses são os seus melhores livros. Por eles eu abriria mão, de bom grado, do restante de sua biblioteca.

Feliz proprietário de uma multidão de primeiras edições, o sr. Wimbush podia se dar ao luxo de um sorriso satisfeito.

— Será possível — prosseguiu o sr. Scogan — que esses volumes nada possuam além de uma lombada e um título? — Ele abriu a porta do armário e espiou o interior, como se esperasse encontrar o restante dos livros ali dentro. — Êpa! —disse, fechando a porta novamente. — Tem cheiro de poeira e mofo. Que simbólico! Procura-se as grandes obras-primas do passado com a expectativa de alguma iluminação milagrosa e o que se encontra, ao abri-las, é apenas obscuridade, poeira e um vago cheiro de podridão. Afinal, o que é a leitura senão um vício, como é o vício venéreo ou o da bebida, ou alguma outra forma de autossatisfação excessiva? Lê-se para fazer cócegas na mente e diverti-la; lê-se, mais do que tudo, para se evitar pensar. Ainda assim... os *Contos de Knockespotch*...

Ele fez uma pausa, batucando pensativo com os dedos nas lombadas dos livros inexistentes e inatingíveis.

— Mas discordo do senhor quanto à questão da leitura — disse Mary. — Sobre leituras sérias, digo.

— Com razão, Mary, com razão — respondeu o sr. Scogan. — Já tinha me esquecido que havia pessoas sérias aqui conosco.

— Gosto da ideia das biografias — disse Denis. — Há espaço para todos nós nesse esquema. É abrangente.

— Sim, as biografias são boas, as biografias são excelentes — concordou o sr. Scogan. — Eu as imagino escritas num estilo elegantíssimo, do período da Regência. O próprio Pavilhão Real na forma de palavras. Talvez da pena do grande dr. Lemprière em pessoa. Conhece o dicionário clássico dele? Ah! — O sr. Scogan ergueu a mão e a deixou cair novamente, mole, num gesto que indicava que lhe faltavam palavras. — Leia a sua biografia de Helena; o modo como Júpiter, disfarçado de cisne, foi "possibilitado de tirar proveito da sua situação" *vis-à-vis* com Leda. E pensar que ele pode ter, deve ter escrito essas biografias dos Grandes! Que obra, Henry! E, por conta do arranjo idiota da sua biblioteca, não pode ser lida.

— Eu prefiro O *catador de coquinhos* — disse Anne. — Um romance em seis volumes… deve ser tranquilo.

— Tranquilo — repetiu o sr. Scogan. — Você encontrou a palavra certa. O *catador de coquinhos* é uma obra sólida, porém um tanto antiquada… imagens da vida paroquial da década de 1850, sabe? Espécimes da aristocracia rural; camponeses para páthos e comédia; e, ao fundo, sempre as belezas pitorescas da natureza, descritas numa linguagem sóbria. Tudo muito bom e sólido, mas, assim como certos pudins, um tantinho sem graça. Pessoalmente, gosto mais da noção das *Obras e errâncias de Thom*. O excêntrico sr. Thom, de Thom's Hill. O velho Tom Thom, como era chamado pelos amigos próximos. Passou dez anos no Tibete organizando a indústria da manteiga clarificada nos moldes da indústria europeia moderna, e pôde se aposentar aos trinta e seis anos com uma bela fortuna. Ele dedicou o restante de sua vida à viagem e à reflexão, e este é o resultado. — O sr. Scogan bateu nos livros falsos. — E agora chegamos aos *Contos de Knockespotch*. Que obra-prima e que grande homem! Knockespotch sabia como escrever ficção. Ah, Denis, se você ao menos pudesse ler Knockespotch, não estaria escrevendo um romance sobre o desenvolvimento cansativo do caráter de um jovem, não estaria descrevendo em detalhes infinitos e fastidiosos a vida cultural em Chelsea, Bloomsbury e Hampstead. Estaria tentando mesmo era escrever um livro legível. Mas então, ai de você! Devido ao arranjo peculiar da biblioteca de nosso anfitrião, jamais poderá ler Knockespotch.

— Ninguém poderia se lamentar mais por esse fato do que eu — disse Denis.

— Foi Knockespotch — continuou o sr. Scogan —, o grande Knockespotch, que nos libertou da tirania pavorosa do romance realista. A minha vida, disse Knockespotch, não é tão longa que eu possa me desprender de horas preciosas escrevendo ou lendo descrições dos interiores de casas da classe média. Ele disse, mais uma vez: "Estou cansado de ver a mente humana a chafurdar numa plenária social. Prefiro pintá-la num vácuo, livre para fazer o seu zunzunzum folgazão".

— Convenhamos — disse Gombauld —, Knockespotch era um tanto obscuro às vezes, não era?

— Era, sim — respondeu o sr. Scogan —, e de propósito. Sua obscuridade o fazia parecer ainda mais profundo do que era de fato. Mas era apenas em seus aforismos que era tão sombrio e oracular. Em seus *Contos* era sempre luminoso. Ah, esses *Contos*... esses *Contos*! Como poderia descrevê-los? Personagens fabulosos disparam pelas páginas como acrobatas com roupas alegres sobre o trapézio. Há aventuras extraordinárias e especulações ainda mais extraordinárias. Inteligências e emoções, libertas de todas as preocupações imbecis da vida civilizada, deslocam-se em danças intrincadas e sutis, atravessando e reatravessando, avançando, recuando, colidindo. Uma erudição imensa e uma imensa fantasia andam de mãos dadas. Todas as ideias do presente e do passado, sobre todos os assuntos possíveis, vêm à tona nos *Contos*, sorriem com severidade ou fazem caretas caricaturais de si mesmas, depois desaparecem para abrir caminho para algo novo. A superfície verbal de seus escritos é rica e fantasticamente diversificada. A sagacidade é incessante. Uma...

— Mas você não poderia nos oferecer um espécime — interrompeu-o Denis —, um exemplo concreto?

— Ai de mim! — respondeu o sr. Scogan. — O grande livro de Knockespotch é como a espada Excalibur. Permanece preso nesta porta, aguardando a chegada do escritor com o gênio necessário para retirá-lo. Nem sequer sou escritor, não tenho nem mesmo a qualificação necessária para arriscar a empreitada. A extração de Knockespotch desta prisão de madeira eu relego, meu caro Denis, a você.

— Obrigado — disse Denis.

Capítulo XV

— Nos tempos do afável Brantôme — dizia o sr. Scogan —, todas as debutantes da corte francesa eram convidadas para jantar à mesa do rei, e cada moça era servida com vinho numa belíssima taça de prata de fabricação italiana. Não era uma taça ordinária, o cálice da debutante; pois, em seu interior, havia sido entalhada, curiosa e engenhosamente, uma série de cenas amorosas das mais vívidas. Com cada gole que a jovem sorvia, essas gravuras tornavam-se mais visíveis, e a corte observava, interessada, cada vez que levava ao nariz a taça, para ver se ela corava ao ver o que a maré do vinho revelava. Se a debutante corasse, riam por conta de sua inocência; se não corasse, riam dela por ser sabida demais.

— O senhor propõe — perguntou Anne —, que esse mesmo costume seja ressuscitado no palácio de Buckingham?

— Não proponho — disse o sr. Scogan. — Meramente citei a anedota para ilustrar os costumes, tão francos, tão simpáticos, do século XVI. Poderia ter citado outras anedotas a fim de demonstrar como os costumes do XVII e do XVIII, dos séculos XV e XIV, e de fato de todos os outros séculos, desde a época de Hamurabi em diante, eram igualmente francos e simpáticos. O único século em que os costumes não foram caracterizados por essa mesma abertura festiva foi o XIX, que Deus o tenha. Foi a única e assombrosa exceção. E, no entanto, com o que se deve supor que tenha sido um desprezo deliberado pela história, o século XIX olhou para os seus silêncios horrivelmente grávidos como se fossem algo normal, natural e correto; considerando anormal e perversa a franqueza dos últimos mil e quinhentos, dois mil anos. Foi um fenômeno curioso.

— Concordo em gênero, número e grau. — Mary arfava de entusiasmo em seus esforços para trazer à tona o que tinha a dizer. — Havelock Ellis diz que...

O sr. Scogan, feito um guarda estancando o fluxo do tráfego, ergueu a mão.

— Ele diz, sim, eu sei. E isso me leva ao meu próximo argumento: a natureza da reação.

— Havelock Ellis...

— A reação, quando chegou (e podemos afirmar, fazendo uma aproximação, que ela se instalou um pouco antes do começo deste século), a reação foi na direção da abertura, mas não à mesma abertura que reinara nas eras passadas. Foi a uma abertura científica, não à franqueza jovial do passado, que retornamos. Toda a questão do *Amour* tornou-se terrivelmente séria. Jovens sinceros passaram a escrever publicamente na imprensa que, dessa época em diante, seria impossível fazer qualquer piada de cunho sexual. Os professores escreveram obras volumosas nas quais o sexo era esterilizado e dissecado. Tornou-se costumeiro para jovens sérias, como Mary, discutir, com uma calma filosófica, questões cuja mera sugestão já teria bastado para atirar a juventude dos anos 1860 num delírio de excitação erótica. É tudo muito respeitável, sem dúvida. Mas, ainda assim — o sr. Scogan suspirou —, eu gostaria de ver, para variar, misturado a esse ardor científico, um pouco mais do espírito jovial de Rabelais e Chaucer.

— Discordo do senhor em gênero, número e grau — disse Mary. — O sexo não é piada; é algo sério.

— Talvez — respondeu o sr. Scogan —, talvez eu seja um velho obsceno, pois devo confessar que nem sempre consigo ver o ato como algo inteiramente sério.

— Mas eu lhe digo — começou Mary, furiosa. Seu rosto corava de entusiasmo. Suas faces eram as faces de um grande pêssego maduro.

— Deveras — continuou o sr. Scogan —, parece-me ser um dos poucos assuntos que já existiram que são motivo perene e permanente de interesse. O *Amour* é a única atividade humana de alguma importância na qual o riso e o prazer têm preponderância, ainda que minimamente, sobre o sofrimento e a dor.

— Discordo, discordo totalmente. — disse Mary.

Fez-se silêncio. Anne olhou para o relógio:

— Quase quinze para as oito — disse. — Pergunto-me quando é que Ivor vai aparecer.

Ela se levantou da espreguiçadeira e, apoiando os cotovelos na balaustrada do terraço, olhou para longe, sobre o vale, até as colinas mais distantes. Sob a luz nivelada do fim de tarde, a arquitetura daquelas terras se revelava. As sombras profundas e as luzes radiantes que lhes faziam contraste davam às colinas uma nova solidez. Irregularidades da superfície, até então insuspeitas, destacavam-se com a luz e a sombra. A relva, as safras, a folhagem das árvores, tudo ficava pontilhado de sombras intrincadas. A superfície das coisas assumia um aprimoramento maravilhoso.

— Olhem! — disse Anne de súbito, apontando. Do lado oposto do vale, no cume de um outeiro, uma nuvem de poeira ruborizada pela luz do sol até assumir um tom de ouro-rosado movia-se rapidamente pelo horizonte. — É Ivor. Dá para ver pela velocidade.

A nuvem de poeira desceu até o vale e se perdeu. Uma buzina semelhante ao rugido de um leão-marinho se fez ouvir, aproximando-se. Um minuto depois, Ivor chegou saltando pela lateral da casa. Seu cabelo ondulava ao vento de sua própria velocidade. Ele riu ao vê-los.

— Anne, caríssima — clamou ao abraçá-la e abraçou Mary e quase o sr. Scogan. — Bem, aqui estou eu. Vim numa velocidade incrédula. — Ivor tinha um vocabulário rico, ainda que um tanto errático. — Não estou atrasado para o jantar, estou?

Ele subiu na balaustrada, alçando o próprio corpo, e ficou ali sentado, batendo os calcanhares. Com um dos braços, envolveu um grande vaso de plantas feito de pedra, inclinando a cabeça de lado contra os flancos rígidos e cobertos de líquen, numa atitude de afetuosidade confiante. Seus cabelos eram castanhos, ondulados, e os olhos tinham um azul bastante brilhante, pálido e improvável. A cabeça era estreita, o rosto fino e um tanto comprido, o nariz aquilino. Ao envelhecer — embora fosse difícil imaginá-lo velho — era possível que assumisse a expressão inclemente de um Duque de Ferro*. Mas ali, aos vinte e seis anos, não era a estrutura de seu rosto que impressionava, mas sim sua expressão. Era encantadora e vivaz, e seu sorriso irradiava. Estava em perpétuo movimento, rápida e incansavelmente, mas com uma graciosidade conquistadora. O corpo frágil e esguio parecia nutrir-se de alguma fonte de energia inexaurível.

— Não se atrasou, não.

— Chegou bem a tempo de responder a uma pergunta — disse o sr. Scogan. — Estávamos discutindo se o *Amour* é uma questão séria ou não. O que pensa? É sério?

— Sério? — repetiu Ivor. — Com toda certeza.

— Foi o que eu disse — clamou Mary, em triunfo.

— Mas sério em qual sentido? — perguntou o sr. Scogan.

— Digo enquanto ocupação. É possível avançar nele sem jamais se entediar.

— Entendo — disse o sr. Scogan. — Perfeitamente.

— É possível ocupar-se com ele — continuou Ivor —, sempre e em toda parte. As mulheres são sempre maravilhosamente as mesmas. As formas variam um pouco, só isso. Na Espanha — desenhou, com a mão livre, uma série de curvas voluptuosas — não se pode passar por elas nas escadas. Na Inglaterra — levou a ponta do dedo indicador contra a ponta do dedão e, abaixando a mão, correu este círculo por um cilindro imaginário —, na Inglaterra, elas

---

* Referência a Arthur Colley Wellesley (1769–1852), 1º duque de Wellington, que foi primeiro-ministro da Inglaterra e marechal do exército inglês, vencendo Napoleão na batalha de Waterloo, em 1815. (N. E.)

são tubulares. Mas os sentimentos são sempre os mesmos. Pelo menos, é a percepção que eu sempre tive.

— Muito me apraz ouvir isso — disse o sr. Scogan.

Capítulo XVI

As moças haviam saído da sala e o vinho do porto circulava. O sr. Scogan encheu sua taça, passou o decantador e, reclinado na cadeira, olhou ao redor por um momento, em silêncio. A conversa fazia ondas ociosas ao seu redor, mas ele a ignorava; sorria por conta de alguma piada interior. Gombauld reparou no seu sorriso:

— Do que está achando graça? — perguntou.

— Estava só olhando para todos vocês, sentados ao redor desta mesa — disse o sr. Scogan.

— Somos todos tão engraçados assim?

— De modo algum — respondeu o sr. Scogan, com educação. — Estava apenas achando graça das minhas próprias especulações.

— E quais são?

— As mais ociosas e mais acadêmicas das especulações. Estava olhando para vocês, um por um, e tentando imaginar a qual dos primeiros Césares cada um de vocês se assemelharia, se tivessem a oportunidade de agir como um César. Os Césares são uma das minhas pedras de toque — explicou o sr. Scogan. — São personalidades que funcionam, por assim dizer, no vácuo. São seres humanos desenvolvidos até a sua conclusão lógica. Daí seu valor inigualável como uma pedra de toque, um padrão. Quando conheço alguém, eu me pergunto isso: dado o ambiente cesariano, com qual dos Césares essa pessoa se pareceria? Júlio, Augusto, Tibério, Calígula, Cláudio, Nero? Tomo cada traço de caráter, cada inclinação mental e emocional, cada pequena excentricidade e amplifico tudo isso mil vezes. A imagem resultante me dá a sua fórmula cesariana.

— E com qual dos Césares o senhor se parece? — perguntou Gombauld.

— Potencialmente, eu sou todos eles — respondeu o sr. Scogan —, todos, com a possível exceção de Cláudio, que era estúpido demais para ser um incremento de alguma coisa em meu caráter. As sementes da coragem e da energia persuasiva de Júlio, da prudência de Augusto, da volúpia e crueldade de Tibério, da loucura de Calígula, do gênio artístico e vaidade enorme de Nero, estão todas dentro de mim. Dadas as oportunidades, eu poderia ter me tornado algo fabuloso. Mas as circunstâncias sempre estiveram contra mim. Nasci e fui criado numa paróquia do interior; passei minha juventude fazendo um bocado de trabalhos árduos e completamente insensatos em troca de pouquíssimo dinheiro. O resultado é que, agora, na meia-idade, sou esse coitado que sou. Mas talvez não seja de todo mal. Talvez também não seja de todo mal que Denis não tenha tido a permissão de florescer e virar um pequeno Nero e que Ivor continue sendo apenas um Calígula em potencial. Sim, é melhor assim, sem dúvida. Porém, teria sido mais divertido, enquanto espetáculo, se eles tivessem tido a chance de desenvolver, sem amarras, o pleno horror de suas potencialidades. Teria sido agradável e interessante observar os seus tiques, bizarrices e pequenos vícios incharem, germinarem e desabrocharem até virarem enormes e fantásticas flores de crueldade, orgulho, lascívia e avareza. O ambiente cesariano é o que faz o César, assim como é o alimento especial e a célula real que fazem a abelha-rainha. Somos distintos das abelhas na medida em que, dado o devido alimento, elas conseguem fazer uma rainha em todas as tentativas. Não há tal certeza para nós; um de cada dez homens, situado num ambiente cesariano, será temperamentalmente bom, inteligente ou grandioso. O resto desabrochará como Césares; só este um que não. Uns setenta, oitenta anos atrás, havia uma gente simplória que ao ler sobre as façanhas dos Bourbon no sul da Itália gritava de maravilhamento: e pensar que essas coisas estavam acontecendo no século XIX! E uns poucos anos depois disso, também ficamos todos estarrecidos ao descobrir que, em nosso ainda mais estarrecedor século XX, os infelizes negros no Congo e na Amazônia estavam recebendo o mesmo tratamento que os servos ingleses recebiam na época de Estêvão. Hoje não nos surpreendemos mais com essas coisas. Os homens da *Black and Tans* atormentam a Irlanda, os polacos maltratam os silesianos, os audazes *fascisti* massacram seus compatriotas mais pobres: nem prestamos atenção. Nada nos surpreende mais, desde a guerra. Criamos um ambiente cesariano e uma multidão de pequenos Césares brotou. O que poderia ser mais natural?

O sr. Scogan terminou o que restava de seu vinho do porto e encheu a taça de novo.

— Neste exato momento — prosseguiu —, os mais pavorosos horrores estão acontecendo em todos os cantos do mundo. Há gente sendo esmagada, retalhada, estripada, mutilada; seus cadáveres apodrecem e seus olhos se putrefazem com todo o restante. Gritos de dor e medo pulsam no ar num ritmo de trezentos e quarenta metros por segundo. Após três segundos nessa velocidade, tornam-se perfeitamente inaudíveis. Estes são fatos perturbadores; mas será que encontramos menos prazer na vida por conta deles? Com certeza não é o caso. Nós nos compadecemos, sem dúvida; representamos para nós mesmos, na imaginação, os sofrimentos das nações e indivíduos e os deploramos. Mas, no fim das contas, o que é o compadecimento e a imaginação? Pouquíssima coisa, a não ser que a pessoa por quem nos compadecemos por acaso tenha algum envolvimento íntimo em nossos afetos; e mesmo nesse caso não se vai tão longe. E é bom também; pois se alguém tivesse uma imaginação vívida o suficiente e uma compaixão suficientemente sensível de fato para compreender e sentir os sofrimentos dos outros, essa pessoa jamais teria um momento de paz de espírito. Uma raça verdadeiramente compassiva jamais sequer chegaria perto de saber o significado da felicidade. Porém, por sorte, como eu já disse, não somos uma raça compassiva. No começo da guerra, eu pensava que sofria de verdade, por meio da imaginação e da compaixão, junto daqueles que sofriam fisicamente. Porém, após um ou dois meses, precisei admitir com honestidade que não era o caso. E, no entanto, acredito que eu tenha uma imaginação mais vívida do que a da maioria. No sofrimento, a pessoa está sempre sozinha; o fato é deprimente quando você é aquele que sofre, mas é isso que torna o prazer possível ao restante do mundo.

Fez-se uma pausa. Henry Wimbush arrastou a cadeira para trás:

— Acho que talvez seja melhor nos juntarmos às moças — disse.

— Eu também acho — disse Ivor, saltando com alacridade. Ele se virou para o sr. Scogan. — Por sorte — disse —, podemos partilhar os prazeres. Não estamos sempre condenados a ser felizes sozinhos.

Capítulo XVII

Ivor desceu as mãos com um estrondo para fazer o acorde derradeiro de sua rapsódia. Naquela harmonia triunfal, havia apenas um indício de que a sétima havia sido tocada junto com a oitava pelo dedão da mão esquerda; mas o efeito geral de som esplêndido veio à tona suficientemente nítido. Pequenos detalhes não importam muito, contanto que o efeito geral seja bom. E, além do mais, aquele indício da sétima era um toque definitivamente moderno. Ele se virou no assento e jogou o cabelo para trás, tirando-o dos olhos.

— Pronto — disse. — Receio que seja o melhor que eu possa fazer por vocês.

Ouviram-se murmúrios de aplauso e gratidão, e Mary, com seus olhões de porcelana fixados no artista, dando grandes golfadas de ar como se estivesse sufocando, gritou em alto e bom som:

— Que maravilha!

A fortuna e a natureza haviam competido entre si para cobrir Ivor Lombard com suas dádivas mais seletas. Era um homem abastado e perfeitamente independente. Era bonito, tinha um charme irresistível em seus modos e era um herói com mais sucessos amorosos do que conseguia lembrar. Seus talentos eram extraordinários em termos de número e variedade. Sua voz de tenor sem nenhum treinamento era belíssima; era capaz de improvisar, com brilhantismo alarmante, rápida e cristalinamente no piano. Era um bom médium e telepata amador, além de possuir um conhecimento considerável, em primeira mão, do outro mundo. Compunha versos rimados com uma rapidez extraordinária. Apresentava um estilo marcante para pintar quadros simbólicos e, mesmo que o traço às vezes fosse um pouco fraco, as cores eram sempre pirotécnicas. Brilhava no teatro amador e, quando a ocasião permitia, cozinhava com genialidade. Parecia-se com Shakespeare no sentido de que sabia pouco de latim e menos ainda de grego. Para uma mente como a dele, a educação parecia algo supererrogatório. O treinamento só teria destruído suas aptidões naturais.

— Vamos até o jardim — sugeriu Ivor. — Está uma noite maravilhosa.

— Obrigado — disse o sr. Scogan —, mas eu prefiro essas poltronas ainda mais maravilhosas. — Seu cachimbo havia começado a borbulhar viscosamente a cada tragada. Estava num estado de perfeita felicidade.

Henry Wimbush também estava feliz. Espiou por um momento por cima de seu pincenê na direção de Ivor e então, sem dizer nada, voltou às páginas sebosas dos livros de contabilidade do século XVI que agora eram sua leitura favorita. Sabia mais dos gastos da casa de sir Ferdinando do que da sua própria.

O grupo que se alistou sob a bandeira de Ivor para se aventurar ao ar livre consistia em Anne, Mary, Denis e, um tanto inesperadamente, Jenny. Lá fora estava escuro e morno; não havia lua. O grupo caminhou para cima e para baixo pelo terraço, e Ivor cantou uma canção napolitana: "*Stretti, stretti*" — perto, perto — com alguma coisa na sequência sobre uma garotinha espanhola. A atmosfera começava a palpitar. Ivor pôs o braço em volta da cintura de Anne, deixou sua cabeça cair para o lado sobre o ombro dela e, naquela posição, seguiu caminhando e cantando. Parecia a coisa mais fácil, mais natural do mundo. Denis se perguntou por que jamais fizera uma coisa dessas. Ele detestava Ivor.

— Vamos descer até a piscina — disse Ivor. Ele se desenganchou do abraço e deu uma meia-volta para pastorear seu pequeno rebanho. Seguiram adiante pela lateral da casa até a entrada da trilha de teixos que levava ao jardim inferior. Entre o muro nu e escarpado da casa e os teixos altos, o caminho era um abismo de breu impenetrável. Em algum ponto havia degraus à direita, uma lacuna na cerca viva de árvores. Denis, que encabeçava o grupo, seguiu tateando com cuidado; naquela escuridão despertava-se um medo irracional de precipícios escancarados, de horríveis obstruções pontiagudas. De repente, veio de trás dele um som estridente de susto: "Oh!", ao que se seguiu uma concussão brusca e seca, que poderia bem ter sido o som de um tapa. Depois disso, ouviu-se a voz de Jenny, pronunciando:

— Estou voltando para a casa.

Era um tom de voz resoluto. Mesmo enquanto pronunciava as palavras, já se dissolvia na escuridão. O incidente, qualquer que tenha sido, estava encerrado. Denis continuou tateando à frente. De algum ponto atrás de si, Ivor começou a cantar suavemente:

Phillis plus avare que tendre
Ne gagnant rien à refuser,
Un jour exigea à Silvandre
Trente moutons pour un baiser.

A cadência da melodia subia e descia com uma espécie de langor tranquilo; a escuridão calorosa parecia pulsar feito sangue ao redor deles.

Le lendemain, nouvelle affaire:
Pour le berger, le troc fut bon...

— Achei os degraus — disse Denis, em voz alta. Guiou seus companheiros para longe do perigo e, num momento, todos já tinham a grama macia da trilha dos teixos sob os pés. Estava mais claro ou, pelo menos, perceptivelmente menos escuro, pois a trilha dos teixos era mais larga do que o caminho que os levara até a campina da casa. Ao olharem para cima, podiam ver, entre as sebes altas e escuras, uma faixa do céu e algumas estrelas.

Car il obtint de la bergère...

seguiu cantando Ivor, interrompendo a si mesmo para gritar:

— Vou correr até lá embaixo. — E disparou, em velocidade máxima, pelo declive invisível, cantando uma melodia inconstante enquanto descia:

Trente baisers pour un mouton.

O restante do grupo o seguiu. Denis cambaleava na retaguarda, exortando, em vão, os outros membros da expedição a tomarem cuidado: o declive era íngreme, corria-se o risco de quebrar o pescoço. Qual era o problema daquelas pessoas?, perguntava-se. Estavam igual gatinhos após uma dose de erva-gateira. Ele mesmo sentia algo de felino agitando-se dentro de si; mas era, como todas as suas emoções, mais um sentimento teórico do que qualquer coisa; não buscava expressar-se de modo dominante numa demonstração prática de felinidade.

— Tomem cuidado — gritou mais uma vez, e mal essas palavras tinham saído de sua boca quando, bum!, houve o som de um baque pesado à frente, seguido por um longo "f-f-f-f-f" de uma respiração de dor e um sincero "uu-uuh!" na sequência. Denis sentiu-se quase satisfeito: ele bem que avisara, idiotas, e ninguém dera ouvidos. Foi trotando declive abaixo até chegar à sofredora invisível.

Mary descia a colina como um trem desgovernado. Era uma tremenda emoção aquela corrida às cegas no escuro; parecia que jamais fosse parar. Mas o chão foi ficando plano sob seus pés, sua velocidade afrouxou sem que percebesse e, de repente, foi agarrada por um braço estendido que lhe deteve de maneira abrupta.

— Bem — disse Ivor, apertando-a em um abraço —, peguei você agora, Anne.

Ela fez um esforço para se soltar.

— Não é a Anne. É a Mary.

Ivor explodiu num clamor de gargalhadas embevecidas:

— É mesmo! — exclamou. — Parece que tirei esta noite para cometer gafes. Já cometi uma com a Jenny.

Ele riu mais uma vez, e havia algo de tão alegre em sua risada que Mary não conseguiu deixar de rir também. Ele não tirou o braço que a cingia, e de algum modo era tudo tão divertido e natural que Mary nem sequer tentou fugir dele de novo. Os dois foram caminhando pela lateral da piscina, enlaçados. Mary era baixinha demais para ele conseguir apoiar a cabeça em seu ombro de modo confortável. Ele esfregou a bochecha, fazendo carícias e mais carícias contra a massa espessa e suave dos cabelos dela. Em pouco tempo, começou a cantar de novo; a noite tremulava amorosamente ao som de sua voz. Assim que terminou de cantar, ele a beijou. Anne ou Mary: Mary ou Anne. Não parecia fazer muita diferença, fosse quem fosse. Havia diferenças de detalhes, é claro; mas o efeito geral era o mesmo; e o efeito geral, no fim das contas, era o que importava.

Denis terminou de descer a colina.

— Algum estrago? — falou em voz alta.

— É você, Denis? Machuquei o tornozelo... e o joelho e a mão. Estou toda em frangalhos.

— Minha pobre Anne — disse ele. — Mas, bem... — Não conseguiu resistir à vontade de acrescentar. — Foi uma besteira sair correndo ladeira abaixo no escuro.

— Seu asno! — replicou ela, num tom choroso de irritação. — Claro que foi.

Ele se sentou ao lado dela na grama e flagrou-se aspirando aquela atmosfera vaga e deliciosa de perfume que ela sempre trazia consigo.

— Acende um fósforo — comandou ela. — Quero ver meus machucados.

Ele apalpou os bolsos atrás da caixinha de fósforos. A luz espichou e depois estabilizou-se. Num passe de mágica, um pequeno universo fora criado, um mundo de cores e formas — o rosto de Anne, o laranja cintilante de seu vestido, os braços brancos e desnudos, uma porção da grama verde — e em torno disso uma escuridão que se tornara sólida e completamente cega. Anne estendeu as mãos; estavam ambas verdes e sujas de terra por conta da queda, e a esquerda exibia duas ou três abrasões.

— Não foi tão ruim assim — disse.

Mas Denis estava terrivelmente aflito, e suas emoções se intensificaram quando, ao olhar para o rosto dela, reparou que um vestígio de lágrimas, lágrimas involuntárias de dor, demoravam-se ainda em seus cílios. Puxou o lenço e começou a limpar a sujeira da mão ferida. O fósforo apagou-se; não valia a pena acender outro. Anne se permitiu ser cuidada, toda mansa e grata.

— Obrigada — disse, quando ele terminou de limpar e improvisar uma atadura em sua mão; e havia algo naquele tom de voz que o fez sentir que ela havia perdido sua superioridade sobre ele, que era mais nova que ele, que havia se tornado, de repente, quase uma criança. Ele se sentiu tremendamente grande e protetor. O sentimento era tão forte que, por instinto, envolveu-a em seus braços. Ela se aproximou, apoiando-se em seu corpo, e assim ficaram sentados em silêncio. E então, lá de baixo, ouviram, suave, porém maravilhosamente límpida em meio à escuridão inerte, a voz da cantoria de Ivor. Ele continuava a sua canção pela metade:

Le lendemain Phillis plus tendre,
Ne voulant déplaire au berger,
Fut trop heureuse de lui rendre
Trente moutons pour un baiser.

Houve uma pausa um tanto prolongada. Era como se ele estivesse dando tempo para dar e receber alguns daqueles trinta beijos. E então a voz seguiu cantando:

Le lendemain Phillis peu sage
Aurait donné moutons et chien
Pour un baiser que le volage
A Lisette donnait pour rien.

A nota derradeira desapareceu num silêncio sem fim.

— Está melhor? — sussurrou Denis. — Está confortável assim?

Ela fez que sim para as duas perguntas.

"Trente moutons pour un baiser." As ovelhas, os carneiros lanosos — baá, baá, baá...? Ou o pastor? Sim, com certeza, ele sentia que agora era o pastor. Era o mestre, o protetor. Uma onda de coragem insuflou-se nele e o atravessou, quente como vinho. Virou a cabeça e começou a beijar o rosto dela, um tanto aleatoriamente a princípio, e depois, com maior precisão, na boca.

Anne desviou a cabeça; ele beijou a orelha dela, a nuca lisa que esse movimento expôs aos seus lábios.

— Não — protestou —, não, Denis.

— Por que não?

— Vai estragar a nossa amizade, e ela era tão divertida.

— Bobagem! — disse Denis.

Ela tentou explicar:

— Não entende? — disse. — Isso não... isso não é nada do nosso feitio.

Era verdade. De algum modo, ela jamais pensara em Denis à luz de um homem capaz de fazer amor; jamais sequer concebera as possibilidades de uma relação amorosa com ele. Ele era tão absurdamente jovem, tão... tão... não conseguia encontrar o adjetivo, mas sabia o que queria dizer.

— Por que não é do nosso feitio? — perguntou Denis.

— E, aliás, essa é uma expressão horrível e inadequada.

— Por que não é.

— Mas e se eu disser que é?

— Não faz diferença. Eu digo que não.

— Vou fazê-la dizer que sim.

— Tudo bem, Denis. Mas terá que fazer isso outra hora. Preciso entrar e mergulhar meu tornozelo em água quente. Está começando a inchar.

Não havia como contradizer questões de saúde. Denis levantou-se com relutância e ajudou sua companheira a ficar em pé. Ela deu um passo cauteloso.

— Ai! — Ela parou e se apoiou com força no braço dele.

— Deixa que eu levo você — Denis se ofereceu. Jamais tentara carregar uma mulher no colo antes, mas o cinema sempre fazia parecer que era um gesto fácil de heroísmo.

— Você não conseguiria — disse Anne.

— Claro que consigo. — Ele se sentia maior e mais protetor do que nunca. — Ponha seus braços ao redor do meu pescoço — ordenou. Ela o fez e, abaixando-se, ele a apanhou sob os joelhos e a levantou do chão. Minha nossa, que peso! Deu cinco passos cambaleantes ladeira acima e então quase perdeu o equilíbrio e precisou depositar seu fardo de repente, com algo como um solavanco.

Anne se sacudia toda de dar risada.

— Falei que não ia conseguir, meu pobre Denis.

— Consigo, sim — disse Denis, sem muita convicção. — Vou tentar de novo.

— É muito meigo da sua parte se oferecer, mas prefiro ir andando, obrigada. — Ela apoiou a mão no ombro dele e, com esse apoio, foi mancando devagar morro acima.

— Meu pobre Denis! — repetiu ela e deu mais uma risada. Humilhado, ele ficou em silêncio. Era inacreditável que, apenas dois minutos atrás, ele a estivesse abraçando e beijando. Inacreditável. Naquele momento, ela era uma mulher desamparada, uma criança. Agora havia recobrado toda a sua superioridade; era mais uma vez um ser distante, desejado e inexpugnável. Por que fora tão idiota de sugerir a palhaçada de carregá-la? Ele chegou à casa num estado da mais profunda depressão.

Ajudou Anne a subir as escadas, deixou-a nas mãos de uma criada e desceu de novo à sala de visitas. Ficou surpreso em encontrar todo mundo sentado ali, bem onde os deixara. Era de se esperar que, de algum modo, tudo estivesse um tanto diferente — parecia-lhe que um tempo prodigioso se passara desde que saíra. Todos em silêncio e todos condenados, refletiu, ao olhar para eles. O cachimbo do sr. Scogan ainda chiava; era o único som que se ouvia. Henry Wimbush ainda estava mergulhado nos livros de contabilidade; acabara de descobrir que sir Ferdinando tinha o hábito de comer ostras ao longo de todo o verão, apesar da sabedoria popular indicar que se devia evitá-las nos meses mais quentes do ano. Gombauld, com óculos de aro de chifre, lia. Jenny rabiscava alguma coisa misteriosa em seu caderno vermelho. E, sentada em sua poltrona favorita no canto da lareira, Priscilla conferia uma pilha de desenhos. Um por um, ela os segurava com o braço estendido e, jogando para trás a montanha que era sua cabeça laranja, analisava-os lenta e atentamente com as pálpebras semicerradas. Trajava um vestido verde-mar pálido; no declive de seu *décolletage* coberto de pó cor de malva, cintilavam diamantes. Uma piteira imensamente longa se projetava de seu rosto, angulosa. Havia diamantes incrustados em sua cabeleira elevada, que reluziam a cada movimento que fazia. Era uma série de desenhos de Ivor — esboços da Vida Espiritual feitos ao longo de viagens em transe ao outro mundo. No verso de cada folha, havia títulos descritivos rabiscados: *Retrato de um anjo*, 15 de março de 1920; *Seres astrais brincando*, 3 de dezembro de 1919; *Um grupo de almas a caminho de uma esfera superior*, 21 de maio de 1921. Antes de examinar o desenho no anverso de cada folha, ela a virava para ler o título. Por mais que tentasse — e ela tentava com afinco —, Priscilla jamais conseguira ter uma visão ou sido bem-sucedida em estabelecer alguma forma de comunicação com o Mundo Espiritual. Precisava se contentar com as experiências relatadas por terceiros.

— O que você fez com o resto do seu grupo? — perguntou, olhando para cima quando Denis entrou na sala.

Ele explicou. Anne fora se deitar, e Ivor e Mary ainda estavam no jardim. Ele selecionou um dos livros e um assento confortável, tentando, na medida do possível, dado o estado perturbado de sua mente, recompor-se para uma leitura noturna. A luz do lampião estava completamente serena; não havia nenhum movimento, exceto pelo de Priscilla em meio aos seus papéis. Todos em silêncio e todos condenados, Denis repetia para si mesmo, todos em silêncio e todos condenados...

Demorou quase uma hora para Ivor e Mary darem as caras de novo.

— Ficamos esperando para ver a lua surgir — disse Ivor.

— Estava gibosa, sabe — explicou Mary, toda técnica e científica.

— Estava tão lindo lá embaixo no jardim! As árvores, o aroma das flores, as estrelas... — Ivor gesticulava com os braços. — E quando a lua apareceu, aí foi demais mesmo. Aquilo me fez ficar aos prantos. — Ele se sentou ao piano e abriu a tampa.

— Havia um monte de meteoritos — disse Mary a quem quisesse ouvir. — A terra deve estar para entrar na chuva de meteoritos de verão. Em julho e agosto...

Ivor, no entanto, já começara a bater nas teclas. Em sua música estavam o jardim, as estrelas, o aroma das flores, a lua nascente. Chegou até a colocar um rouxinol que não estava lá. Mary ficou olhando e ouvindo com os lábios entreabertos. Os outros prosseguiram em suas ocupações, sem parecer que algo os perturbava a sério. Naquele exato mesmo dia do mês de julho, há exatos trezentos e cinquenta anos, sir Ferdinando havia comido sete dúzias de ostras. A descoberta desse fato dava um prazer peculiar a Henry Wimbush. Havia nele algo dos ares de um homem naturalmente pio que o levava a se deleitar na celebração de banquetes memoriais. O aniversário de trezentos e cinquenta anos das sete dúzias de ostras... Ele queria ter tido notícia disso antes do jantar; teria mandado abrirem um champanhe.

A caminho da cama, Mary fez uma visita ao quarto de Anne. A luz já estava apagada, mas ela não estava dormindo ainda.

— Por que não desceu conosco até o jardim? — perguntou Mary.

— Eu caí e torci o tornozelo. Denis me ajudou a voltar.

Mary ficou bastante condoída. Por dentro sentia-se aliviada de encontrar uma explicação tão simples para o desaparecimento de Anne. Havia nela uma vaga desconfiança, enquanto estava lá no jardim — uma desconfiança do quê, ela não sabia; mas parecia haver algo um tanto sórdido no modo como ela se flagrara de repente sozinha com Ivor. Não que se importasse, claro; longe disso. Mas não gostava da ideia de que talvez tivesse sido vítima de uma armação.

— Espero que você esteja melhor amanhã — disse, para depois comiserar-se de Anne, relatando todas as coisas que ela perdera: o jardim, as estrelas, o aroma das flores, os meteoritos cuja chuva veranil a Terra atravessava, a lua nascente e sua gibosidade. E a conversa tinha sido interessantíssima. Sobre o que falaram? Quase tudo. A natureza, a arte, a ciência, a poesia, as estrelas, o espiritualismo, as relações entre os sexos, a música, a religião. Ivor, pensava ela, tinha uma cabeça das mais interessantes.

As duas jovens se despediram afetuosamente.

Capítulo XVIII

A igreja católica mais próxima ficava a mais de trinta quilômetros dali. Ivor, que era metódico em suas devoções, desceu cedo para tomar o café da manhã e estava com o carro à porta, pronto para dar partida, às quinze para as dez. Era uma máquina elegante, com um aspecto caro, esmaltada numa cor de puro amarelo-limão e forrada de couro verde-esmeralda. Havia dois assentos — três se as pessoas se apertassem o suficiente — e os ocupantes ficavam protegidos contra o vento, a poeira e as intempéries por uma capota envernizada que, feito uma corcova elegante do século XVIII, subia do meio da carroceria.

Mary jamais fora a uma missa da Igreja Católica Apostólica Romana e pensou que seria uma experiência interessante; por isso, quando o carro partiu pelos grandes portões do pátio, ela ocupava, no sedã, o assento do passageiro. A buzina de leão-marinho foi rugindo com um som cada vez mais baixinho, mais baixinho, até desaparecer.

Na igreja da paróquia de Crome, o sr. Bodiham pregava sobre o versículo dezoito do capítulo seis do primeiro livro de Reis: "E o cedro da casa por dentro era lavrado de botões" — um sermão de interesse local imediato. Ao longo dos dois anos anteriores, o problema do Memorial de Guerra havia ocupado a mente de todos em Crome que tinham tempo ocioso, energia mental ou espírito comunitário suficiente para pensar nessas coisas. Henry Wimbush era a favor de uma biblioteca — uma biblioteca de literatura local, munida de registros da história do condado, antigos mapas do distrito, monografias das antiguidades locais, dicionários dialetais, manuais de geologia local e de história natural. Gostava de pensar nos aldeões, inspirados por essas leituras, reunindo-se nas tardes de domingo para procurar fósseis ou pontas de flecha de pedra. Os próprios aldeões gostavam da ideia de um memorial de reservatório e abastecimento de água. Porém, o grupo mais envolvido e articulado partilhava da opinião do sr. Bodiham em exigir algo de caráter religioso — um segundo portão coberto para o cemitério, por exemplo, uma janela com vitrais, um monumento de mármore ou, se possível, todos os três. Até o momento, no entanto, nada fora feito, em parte porque o comitê do memorial jamais conseguira chegar a um acordo, em parte pelo motivo mais premente de que pouquíssima verba fora alocada para se executar qualquer um dos arranjos propostos. A cada três ou quatro meses, o sr. Bodiham pregava um sermão sobre o assunto. O último fora dado em março; já passava da hora de dar um lembrete à sua congregação.

— E o cedro da casa por dentro era lavrado de botões.

O sr. Bodiham tocou de leve no assunto do templo de Salomão. Dali ele passou ao tema dos templos e igrejas de modo geral. Quais eram as características das construções dedicadas a Deus? É óbvio que era o fato de sua completa inutilidade, a partir de uma perspectiva humana. Cada uma delas era uma construção nada prática, "lavrada de ornamentos". Salomão poderia ter construído uma biblioteca — de fato, o que teria sido mais adequado aos gostos do homem mais sábio do mundo? Poderia ter escavado um reservatório, o que seria mais útil a uma cidade seca como Jerusalém? Mas não fez nenhuma das duas coisas; ele construiu uma casa toda lavrada de ornamentos, inútil e nada prática. Por quê? Porque dedicava aquela obra a Deus. Muito se falava em Crome sobre a proposta do Memorial de Guerra. Um Memorial de Guerra era, por sua própria natureza, uma obra dedicada a Deus. Era um símbolo de gratidão pelo primeiro estágio na culminante guerra mundial ter sido coroado com o triunfo da justiça; era, ao mesmo tempo, uma súplica visivelmente corporificada para que Deus não retardasse muito o Advento, uma vez que somente isso seria capaz de trazer a paz definitiva. Uma biblioteca, um reservatório d'água? O sr. Bodiham, com escárnio e indignação, condenava a ideia. Essas eram obras dedicadas ao homem, não a Deus. Enquanto Memorial de Guerra, eram totalmente inadequadas. Sugerira-se um novo portão coberto para o cemitério. Este era um objeto que respondia perfeitamente à definição de um Memorial de Guerra: uma obra inútil dedicada a Deus e lavrada de ornamentos. É verdade que já existia um portão coberto. Mas nada seria mais fácil do que abrir uma segunda entrada ao cemitério da igreja; e uma segunda entrada exigiria um segundo portão. Outras sugestões haviam sido feitas. Vitrais, um monumento de mármore. Ambas eram admiráveis, especialmente a última. Já passava da hora de erguerem o Memorial de Guerra. Em breve talvez fosse tarde demais. A qualquer momento, feito um ladrão na noite, Deus poderia chegar. Enquanto isso, havia uma dificuldade no caminho. A verba era inadequada. Todos deveriam contribuir, de acordo com seus meios. Daqueles que haviam perdido parentes na guerra seria razoável esperar que oferecessem uma soma igual à que teriam de pagar em despesas funerárias, caso o parente tivesse morrido em casa. Seria desastroso adiar ainda mais. O Memorial de Guerra deveria ser construído de imediato. Ele apelou ao patriotismo e aos sentimentos cristãos de todos os seus ouvintes.

Henry Wimbush voltou para casa a pé, pensando nos livros que presentearia à Biblioteca do Memorial de Guerra, se algum dia ela passasse a existir. Seguiu pelo caminho que passava por entre os campos; era mais agradável do que a estrada. Na primeira cerquinha, lá estava reunido um grupo de garotos da aldeia, jovens rústicos, todos vestidos naquele preto mal talhado e hediondo que transforma todo domingo e feriado inglês num funeral, dando gargalhadas melancólicas enquanto fumavam seus cigarros. Abriram caminho para Henry Wimbush, com um toque nos chapéus quando ele passou. Ele retribuiu a saudação; o chapéu-coco e o rosto eram uma coisa só em seu ar grave e imperturbável.

Na época de sir Ferdinando, ele refletiu, na época de seu filho, sir Julius, esses jovens teriam tido oportunidades para se divertir aos domingos mesmo em Crome, a remota e rústica Crome. Teria havido tiro com arco, boliche, danças — entretenimentos sociais dos quais teriam participado como membros de uma comunidade consciente. Agora não tinham nada; nada exceto o regrado Clube de Jovens do sr. Bodiham e os raros bailes e concertos que ele mesmo organizava. O tédio ou os prazeres urbanos da metrópole do condado eram as alternativas que se apresentavam a esses pobres jovens. Os prazeres do campo não existiam mais; haviam sido erradicados pelos puritanos.

No diário de Manningham, à data de 1600, havia um trecho peculiar, ele lembrava, um trecho peculiaríssimo. Certos magistrados em Berkshire, magistrados puritanos, tinham recebido a notícia de um escândalo. Numa noite de verão enluarada, saíram para cavalgar com seu bando e lá, em meio às colinas, esbarraram em um grupo de homens e mulheres, dançando, nus em pelo, entre os redis. Os magistrados e seus homens cavalgaram até a multidão. Quão constrangida deve ter se sentido aquela pobre gente, quão desamparada sem suas roupas, enfrentando cavaleiros armados e paramentados! Os dançarinos são detidos, chicoteados, encarcerados, colocados nos troncos; a dança sob o luar jamais é dançada outra vez. Que ritual antigo, telúrico, dedicado a Pã fora extinto com isso?, ele se perguntava. Quem sabe? Talvez os ancestrais deles tivessem dançado assim sob o luar muitas eras antes de se pensar em Adão e Eva. Ele gostava de fazer essas considerações. E agora não existia mais nada. Aqueles jovens cansados, se quisessem dançar, teriam que pegar suas bicicletas e rodar dez quilômetros até a cidade. O campo era um lugar desolado, sem vida própria, sem prazeres nativos. Os magistrados devotos haviam sufocado para sempre aquela pequena chama de felicidade que vinha queimando desde os primórdios do tempo.

> No sepulcro de Túlia, ardia um candeeiro,
> O mesmo sempre, por milênio e meio...

Ele repetiu esses versos para si mesmo e ficou desolado ao pensar em todo aquele passado assassinado.

Capítulo XIX

O longo charuto de Henry Wimbush queimava com uma fumaça aromática. A *História de Crome* repousava em seu joelho; ele virava as páginas devagar.

— Não consigo decidir qual episódio ler para vocês esta noite — disse, pensativo. — Não são desinteressantes as viagens de sir Ferdinando. Mas há também, claro, sir Julius, filho dele. Foi ele quem sofreu do delírio de que sua transpiração produzia moscas; foi o que o levou, enfim, ao suicídio. E também tem sir Cyprian. — Ele virou as páginas mais rapidamente. — Ou sir Henry. Ou sir George... Não, estou inclinado a pensar que não lerei sobre nenhum deles.

— Mas você precisa ler alguma coisa — insistiu o sr. Scogan, tirando o cachimbo da boca.

—Acho que lerei a respeito do meu avô — disse Henry Wimbush —, e os eventos que levaram ao seu casamento com a filha mais velha do último sir Ferdinando.

— Que bom — disse o sr. Scogan. — Estamos ouvindo.

— Antes que eu comece a leitura — disse Henry Wimbush, erguendo os olhos do livro enquanto removia o pincenê que acabara de encaixar no nariz —, antes que eu comece, devo dizer algumas palavras preliminares a respeito de sir Ferdinando, o último dos Lapith. Com a morte do virtuoso e desafortunado sir Hercules, Ferdinando se flagrou em posse da fortuna da família, ampliada e não pouco pela temperança e frugalidade de seu pai. Dali em diante ele se dedicou à empreitada de gastá-la, o que fez com um ânimo amplo e jovial. Ao chegar aos quarenta anos, havia comido e, mais que tudo, bebido e namorado até restar cerca de metade do seu capital, e logo teria infalivelmente se livrado do restante da mesma maneira se não tivesse tido a boa sorte de se apaixonar loucamente pela filha do pároco a ponto de fazer uma proposta de casamento. A donzela o aceitou, e em menos de um ano tornara-se a senhora absoluta de Crome e de seu marido. Uma reforma extraordinária fez-se aparente no caráter de sir Ferdinando. Ele se tornou mais regular e econômico em seus hábitos; desenvolveu até a virtude da temperança, raramente bebendo mais do que uma garrafa e meia de vinho do porto numa refeição. A fortuna minguante dos Lapith começou mais uma vez a crescer, e isso apesar dos tempos difíceis (pois sir Ferdinando casou-se em 1809, no auge das Guerras Napoleônicas). Uma velhice próspera e digna, animada pelo espetáculo do crescimento e felicidade dos seus descendentes — pois a senhora Lapith já lhe dera três filhas e não parecia haver motivos pelos quais não poderia lhe dar muitas outras, e filhos também —, e um declínio patriarcal rumo à câmara mortuária da família parecia então ser o destino invejável de sir Ferdinando. Mas a Providência quis o oposto. Napoleão, já à época a causa de prejuízos infinitos, estava destinado, ainda que talvez indiretamente, a uma morte precoce, enfadonha e violenta, que pôs um fim àquela existência reformada.

"Sir Ferdinando que era, mais que tudo, um patriota, adotara, desde os primeiros dias do conflito com os franceses, seu próprio método peculiar de celebrar nossas vitórias. Quando chegavam notícias felizes em Londres, era o seu costume comprar imediatamente um grande estoque de bebida e, subindo em qualquer diligência de saída em que deitasse os olhos primeiro, viajar país afora a fim de proclamar as boas novas a todos que encontrasse pela estrada, entregando-as, junto com a bebida, em cada estação pelo caminho, a qualquer um disposto a ouvir ou beber. Assim, depois da Batalha do Nilo, chegara a viajar até Edimburgo; e posteriormente, quando as diligências, cobertas de guirlandas de louro em triunfo, e de cipreste em luto, partiam com as notícias da vitória e morte de Nelson, ele havia passado toda uma noite fria de outubro na boleia da *Meteor* para Norwich, com um barril náutico de rum nos joelhos e dois caixotes de conhaque envelhecido debaixo do assento. Esse costume simpático foi um dos muitos hábitos que abandonou com o casamento. As vitórias na Península Ibérica, a retirada de Moscou, Leipzig e a abdicação do tirano passaram-se todas sem nenhuma celebração. Porém, ocorreu que, no verão de 1815, sir Ferdinando passava algumas semanas na capital. Fora uma sucessão de dias ansiosos, de muita dúvida; e então vieram as gloriosas notícias de Waterloo. Foi demais para sir Ferdinando; sua juventude jubilante despertou novamente dentro dele. Correu até o seu comerciante de vinhos e comprou uma dúzia de garrafas de conhaque de 1760. A diligência para Bath estava prestes a partir; ele conseguiu subir à boleia na base do suborno e, sentado em glória ao lado do condutor, proclamou em voz alta a queda do bandido da Córsega, passando de mão em mão a garrafa contendo a felicidade líquida e calorosa. Seguiram ruidosamente por Uxbridge, Slough, Maidenhead. Adormecida, Reading foi despertada pelas grandes novas. Em Didcot, um dos cavalariços ficou tão dominado pelos sentimentos patrióticos e pelo conhaque de 1760 que ficou impossibilitado de amarrar as fivelas dos arreios. A noite começou a esfriar, e sir Ferdinando viu que não era suficiente dar um gole a cada estação: para manter seu calor vital, viu-se compelido a beber entre as estações também. Aproximavam-se de Swindon. A diligência viajava a uma velocidade alucinante — dez quilômetros na última meia hora — quando, sem ter manifestado o menor sintoma premonitório de instabilidade, sir Ferdinando de repente guinou para o lado no assento e tombou, de cabeça, na estrada. Um tranco desagradável despertou os passageiros adormecidos. A diligência foi parada e o vigia correu de volta pela estrada com um lampião. Encontrou sir Ferdinando ainda vivo, porém inconsciente; o sangue escorria de sua boca. As rodas traseiras da diligência haviam passado por cima de seu corpo, quebrando a maior parte das costelas e os dois braços. Havia dois pontos de fratura no crânio. Apanharam-no, mas ele morreu antes de chegarem à próxima estação. Assim pereceu sir Ferdinando, vítima do próprio patriotismo. A senhora Lapith não se casou de novo, determinada a dedicar o restante de sua vida ao bem-estar de suas três filhas: Georgiana, já com cinco anos de idade, e as gêmeas Emmeline e Caroline, de dois."

Henry Wimbush fez uma pausa e mais uma vez colocou o pincenê.

— Então foi essa a introdução — disse. —Agora posso começar a ler sobre o meu avô.

— Um momento — disse o sr. Scogan —, espere até eu encher de novo o meu cachimbo.

O sr. Wimbush esperou. Sentado à parte num canto da sala, Ivor mostrava à Mary seus esboços da Vida Espiritual. Os dois conversavam aos sussurros.

O sr. Scogan acendeu seu cachimbo mais uma vez.

— Manda ver — ele disse.

E Henry Wimbush mandou a ver.

— Foi na primavera de 1833 que o meu avô, George Wimbush, conheceu as "três formosas Lapith", como eram sempre chamadas. Ele era, à época, um jovem de vinte e dois anos, com o cabelo loiro cacheado e um rosto liso e rosado que era o espelho de sua mente jovial e engenhosa. Fora educado em Harrow e Christ Church, gostava de caçar e de todos os outros esportes ao ar livre e, embora suas circunstâncias fossem confortáveis, a ponto de ser quase abastado, era um homem de prazeres temperados e inocentes. Seu pai, um mercador da Companhia Britânica das Índias Orientais, havia-lhe destinado a uma carreira política e pagado caro para adquirir um pequeno e agradável distrito na Cornualha como presente de aniversário de vinte e um anos para o filho. Ficou indignado, com razão, quando a Lei de Reforma de 1832, logo na véspera da maioridade de George, varreu o distrito da existência. A inauguração da carreira política de George precisou ser postergada. À época em que conheceu as formosas Lapith, ele estava à espera; não era um homem nada impaciente.

"As formosas Lapith não deixaram de impressioná-lo. Georgiana, a mais velha, com seus cachos pretos, olhos faiscantes, perfil nobre e aquilino, pescoço de cisne e ombros que desciam com suavidade, tinha um ar oriental deslumbrante; e as gêmeas, com narizes delicadamente empinados, olhos azuis e cabelos castanhos, eram um par idêntico de encantos ingleses exuberantes.

"No entanto, a conversa entre eles nesse primeiro encontro acabou provando-se tão intimidadora que, não fosse pela atração invencível exercida pela beleza das irmãs, George jamais teria tido coragem de encontrá-las de novo. As gêmeas, olhando para ele do alto de seus narizes com ares lânguidos de superioridade, perguntaram o que ele achava das novidades na poesia francesa e se ele gostava ou não de *Indiana*, de George Sand. Mas, quase pior do que isso, foi a pergunta com a qual Georgiana inaugurou a conversa. 'Na música', perguntou, inclinando-se para a frente e olhando fixo para ele com seus olhos grandes e escuros, 'o senhor é mais um classicista ou um transcendentalista?' George não se deixou abalar. Ele tinha conhecimento suficiente em termos de apreciação musical para saber que odiava tudo que fosse clássico e, assim, respondeu com uma prontidão que lhe conferiu mérito: 'Sou um transcendentalista'. Georgiana abriu um sorriso enfeitiçador. 'Fico feliz', disse ela; 'eu também sou. É óbvio que o senhor foi assistir Paganini na semana passada. *A prece de Moisés... ah!* Ela fechou os olhos. 'Conhece algo mais transcendental do que isso?' 'Não', disse George, 'não conheço.' Ele hesitou e estava prestes a continuar falando, mas concluiu que o mais sábio seria não contar que gostara, mais que tudo — o que era, de fato, verdade — das *Imitações da fazenda*, de Paganini. O homem fizera o violino zurrar feito um asno, cacarejar feito uma galinha, grunhir, guinchar, latir, relinchar, grasnar, mugir e rosnar; este último item, na avaliação de George, quase compensara pelo tédio do restante do concerto. Ele sorriu com prazer ao pensar nisso. Sim, com certeza, ele não era nenhum classicista em termos de música, mas um transcendentalista convicto.

"George deu continuidade a esse primeiro encontro fazendo uma visitinha às donzelas e sua mãe, que ocupavam, durante a alta temporada, uma casa pequena, porém elegante, na vizinhança do parque Berkeley Square. A senhora Lapith fez algumas investigações discretas e, tendo descoberto que a situação financeira, o caráter e a família de George eram todas razoavelmente decentes, convidou-o para jantar. Tinha esperanças e expectativas de que todas as filhas se casassem com homens da fidalguia; porém, sendo uma mulher prudente, sabia que era aconselhável estar preparada para todas as contingências. George Wimbush, pensou, faria um excelente par de segunda classe para uma das gêmeas.

"Naquele primeiro jantar, a parceira de George foi Emmeline. Os dois conversaram sobre a Natureza. Emmeline asseverava que, para ela, as montanhas elevadas eram sentimento, e o zunzunzum das cidades humanas, uma tortura. George concordou que o campo era bastante agradável, mas defendeu que Londres, durante a alta temporada, também tinha lá seus charmes. Reparou, com surpresa e uma certa aflição solícita, que o apetite da srta. Emmeline era pouco, que nem sequer existia, na verdade. Duas colheradas de sopa, um pedacinho de peixe, nada de aves, nada de carne, e três uvas — esse foi o seu jantar inteiro. Ele olhava, de tempos em tempos, para suas duas irmãs; Georgiana e Caroline pareciam igualmente abstêmias. Dispensavam o que quer que lhes fosse oferecido com uma expressão delicada de asco, fechando os olhos e virando o rosto para longe do prato ofertado, como se a solha, o pato, o lombo de vitela, o *trifle* de sobremesa, fossem objetos repulsivos aos olhos e ao olfato. George, que considerava o jantar uma coisa crucial, ousou comentar sobre a falta de apetite das irmãs.

"'Por obséquio, não me fale sobre comer', disse Emmeline, esmorecendo feito uma planta sensível. 'Para minhas irmãs e para mim isso é tão grosseiro, tão antiespiritual. Não se pode pensar na própria alma quando se está comendo.' George concordou; não se pode mesmo. 'Mas é preciso viver', argumentou.

"'Ai de mim!', suspirou Emmeline. 'É preciso. A morte é belíssima, não acha?' Ela partiu um cantinho de uma fatia de torrada e começou a mordiscá-lo languidamente. 'Mas, como o senhor diz, é preciso viver…' Ela fez um pequeno gesto de resignação. 'Por sorte, um pouquinho já basta para manter a pessoa viva.' Ela repousou na mesa o canto da torrada parcialmente mordido.

"George a olhava com alguma surpresa. Era pálida, mas parecia extraordinariamente saudável, assim como as irmãs. Talvez, se a pessoa fosse realmente espiritualizada, precisasse de menos alimento. Era claro que ele não era nada espiritualizado.

"Depois disso, passou a vê-las com frequência. Todas gostavam dele, da senhora Lapith para baixo. É verdade que não havia nele nada de muito romântico ou poético: mas era um jovem tão agradável, despretensioso, de bom coração, que não havia como não gostar dele. Da sua parte, ele as considerava maravilhosas e mais maravilhosas, especialmente Georgiana. Envolvia todas elas com um afeto caloroso e protetor. Pois precisavam de proteção; eram no geral frágeis demais, espirituais demais para este mundo. Nunca se alimentavam, estavam sempre pálidas, com frequência reclamavam de febre, discursavam bastante e afetuosamente sobre a morte, tinham frequentes desmaios. Georgiana era a mais etérea de todas; das três era a que menos comia, a que mais desmaiava, a que mais falava da morte, e era a mais pálida — com uma lividez tão assombrosa que chegava a parecer certamente artificial. A qualquer momento, tinha-se a impressão de que ela poderia perder o pouco que a prendia a este mundo material e tornar-se toda espírito. Para George, esse pensamento era uma fonte de agonia contínua. Ai, se ela morresse...

"Ela deu um jeito, no entanto, de sobreviver à alta temporada, e isso apesar dos diversos bailes, folias e outras festas prazenteiras a que, na companhia do restante do trio formoso, nunca deixava de comparecer. Em meados de julho, todas se mudaram para o interior. George recebeu o convite de passar o mês de agosto em Crome.

"O grupo que se hospedava na casa era ilustre; na lista de visitantes constavam os nomes de dois jovens partidões com títulos de nobreza. George nutrira a esperança de que os ares do campo, o repouso e o ambiente natural pudessem restaurar o apetite das três irmãs e o tom rosado em suas faces. Enganara-se. No jantar, na primeira noite, Georgiana comeu apenas uma azeitona, duas ou três amêndoas salgadas e metade de um pêssego. Estava tão pálida como sempre. Discursou sobre o amor durante a refeição.

"'O verdadeiro amor', disse ela, 'sendo infinito e eterno, só pode ser consumado na eternidade. Indiana e sir Rodolphe celebraram o matrimônio místico de suas almas saltando no Niágara. O amor é incompatível com a vida. O desejo de duas pessoas que realmente se amam não é o de viver, mas de morrer, juntas.' 'Ora essa, minha cara', disse a senhora Lapith, decidida e prática. 'O que, por obséquio, seria da próxima geração se o mundo inteiro agisse com base em teus princípios?' 'Mamãe!...', protestou Georgiana, deixando cair o olhar.

"'Em minha juventude', prosseguiu a senhora Lapith, 'ririam da minha cara se eu dissesse uma coisa dessas. Mas também, em minha juventude, a alma não estava tão na moda como está agora e nós não pensávamos que a morte fosse algo poético, de modo algum. Era apenas desagradável.' 'Mamãe!...' Emmeline e Caroline imploraram, em uníssono.

"'Em minha juventude...' A senhora Lapith agora adentrava um assunto de seu domínio e parecia que nada seria capaz de impedi-la. 'Em minha juventude, quando alguém não queria comer, as pessoas diziam que precisava de uma dose de ruibarbo. Atualmente...'

"Houve um grito; Georgiana havia desmaiado de lado no ombro de lorde Timpany. Foi uma medida desesperada, porém bem-sucedida. A senhora Lapith fora impedida de continuar.

"Os dias se passaram numa série de prazeres sem intercorrências. Em todo aquele grupo alegre, apenas George se via infeliz. Lorde Timpany cortejava Georgiana, e ficava claro que suas investidas eram bem recebidas. George observava, e sua alma era um inferno de ciúme e desespero. A companhia ruidosa dos jovens tornou-se intolerável para ele; fugia deles, buscando a melancolia e a solidão. Certa manhã, tendo escapado de sua companhia com alguma desculpa vaga, retornou sozinho à casa. Os rapazes se banhavam na piscina lá embaixo; seus gritos e risadas subiam até ele, fazendo com que a casa silenciosa parecesse ainda mais solitária e quieta. As irmãs formosas e sua mãe ainda estavam em seus aposentos; não tinham o costume de aparecer até a hora do almoço, a fim de que os convidados homens tivessem a manhã para si mesmos. George sentou-se no salão e se entregou às suas reflexões.

"Ela podia morrer a qualquer momento; ela podia se tornar lady Timpany a qualquer momento. Era terrível, terrível. Se ela morresse, ele morreria também; iria buscá-la no além-túmulo. Se ela se tornasse lady Timpany… ah, bem! A solução para o problema não seria tão simples. Se ela se tornasse lady Timpany: que pensamento horrível. Mas considerando que ela estivesse apaixonada por Timpany (por mais inacreditável que pudesse ser a ideia de alguém apaixonar-se por Timpany), considerando que a vida dela dependesse de Timpany, considerando que ela não conseguisse viver sem ele? Ele avançava, trôpego, por esse labirinto de suposições quando o relógio bateu doze horas. Na última batida, feito um autômato liberado pelos mecanismos do relógio, uma criada baixinha, trazendo uma bandeja enorme e coberta, apareceu à porta que levava das regiões da cozinha até o salão. De sua poltrona funda, George a observou (nele, era evidente, ninguém reparava) com uma curiosidade ociosa. Ela veio, com passinhos tamborilantes, atravessando o espaço até parar em frente ao que parecia uma extensão vazia de painéis na parede. Estendeu a mão e, para o extremo estarrecimento de George, uma portinha se abriu, revelando a base de uma escadaria em espiral. Virando-se de lado a fim de fazer passar a bandeja pela abertura estreita, a criada baixinha disparou com um movimento rápido de caranguejo. A porta se fechou atrás dela com um clique. Um minuto depois, foi aberta de novo, e a criada, sem a bandeja, atravessou o salão de volta às pressas e desapareceu na direção da cozinha. George tentou recompor seus pensamentos, mas uma curiosidade invencível atraía sua mente na direção da porta oculta, da escada, da criada baixinha. Foi em vão que disse a si mesmo que a questão não era da sua alçada, que explorar os segredos daquela porta surpreendente, aquela escadaria misteriosa em seu interior, seria um ato de rudeza e indiscrição imperdoáveis. Foi em vão; durante cinco minutos travou uma batalha heroica contra a própria curiosidade, mas, ao término desse período, viu-se de pé diante da placa inocente do painel pela qual a criada desaparecera. Um olhar de relance bastou para mostrar-lhe a posição da porta secreta — secreta, pelo que reparou, apenas àqueles dotados de um olhar desatento. Era apenas uma porta ordinária, nivelada ao painel. Sua posição não era revelada por nenhum ferrolho ou maçaneta, mas havia uma concavidade discreta na madeira que era convidativa ao dedão. George ficou estarrecido por não ter reparado nela antes; agora que a vira, era tão óbvia, quase tanto quanto a porta do armário da biblioteca, com suas imitações de prateleiras preenchidas por livros falsos. Ele puxou a concavidade e espiou o interior. A escadaria, cujos degraus eram feitos não de pedra, mas de blocos de carvalho antigo, rodopiavam para cima até sumirem de vista. Uma janela tipo fenda permitia a entrada da luz do sol; ele estava ao pé da torre central, e pela janelinha podia ver o gramado; ainda gritavam e batiam na água na piscina lá embaixo.

"George fechou a porta e voltou para seu assento. Sua curiosidade não estava satisfeita. De fato, aquela satisfação parcial apenas aguçara seu apetite. Aonde a escadaria levava? Quais eram os afazeres da criada baixinha? Não era nada da conta dele, seguia repetindo — nada da sua conta. Tentou sentar-se e ler, mas não conseguia manter a concentração. Soaram as doze horas e quinze minutos no relógio musical. Dotado de súbita determinação, George se levantou, atravessou a sala, abriu a porta oculta e começou a subir as escadas. Passou pela primeira janela, deu uma volta e chegou a outra janela. Parou ali por um momento para olhar para fora; seu coração dava batidas desconfortáveis, como se estivesse afrontando algum perigo desconhecido. Aquilo que estava fazendo, dizia a si mesmo, era o extremo oposto do cavalheiresco, um ato horrivelmente plebeu. Foi avançando e subindo na ponta dos pés. Mais uma volta, depois meia volta e uma porta o confrontou. Parou diante dela, escutou; não conseguia ouvir som algum. Ao levar o olho ao buraco da fechadura, não viu nada exceto um trecho de parede branca iluminada pelo sol. Encorajado, girou a maçaneta e atravessou o limiar. Lá ele parou, petrificado pelo que via, boquiaberto e mudo.

"No meio de um quartinho agradavelmente ensolarado" — local em que agora é o *boudoir* de Priscilla — comentou o sr. Wimbush, entre parênteses — "estava uma mesinha redonda de mogno. Cristal, porcelana e prata, todos os aparatos reluzentes de uma refeição elegante, refletiam-se em suas profundezas polidas. A carcaça de uma galinha gelada, uma tigela de frutas, um grande pernil com um profundo talho até o cerne, do mais tenro branco e rosa, a bala de canhão marrom de um pudim de ameixas frio, uma fina garrafa de vinho branco do Vale do Reno e um decantador de vinho clarete disputavam espaço naquela tábua festiva. E, ao redor da mesa, sentavam-se as três irmãs, as três formosas Lapith… comendo!

"Com a súbita entrada de George, todas elas haviam olhado para a porta e continuavam assim, petrificadas pelo mesmo estarrecimento que mantinha George preso ao chão, com o olhar fixo. Georgiana, que estava sentada bem de frente para a porta, encarava-o com seus olhos escuros e enormes. Entre o dedão e o indicador da mão direita, detinha uma coxa da galinha desmembrada; seu mindinho, dobrado com elegância, destacava-se do restante da mão. Sua boca estava aberta, mas a coxa não chegara ao destino; permanecia suspensa, congelada, em pleno ar. As duas outras irmãs tinham se virado para olhar o intruso. Caroline ainda segurava a faca e o garfo; os dedos de Emmeline envolviam a haste de sua taça de clarete. Pelo que pareceu ser muito tempo, George e as três irmãs ficaram se encarando em silêncio. Eram um grupo de estátuas. E então, de repente, houve movimento. Georgiana largou o osso de frango, a faca e o garfo de Caroline caíram ruidosamente no prato. O movimento se propagou e tornou-se mais decisivo; Emmeline levantou-se num salto, soltando um grito. A onda de pânico chegou a George; ele se virou e, murmurando algo ininteligível, saiu correndo do quarto e desceu a escadaria espiralada. Parou no salão e então, ali mesmo, sozinho na casa em silêncio, começou a dar risada.

"Na hora do almoço, reparou-se que as irmãs comeram um pouco mais do que de costume. Georgiana brincou com algumas vagens e uma colherada de geleia de mocotó. 'Sinto-me um pouco mais forte hoje', disse ao lorde Timpany quando ele a parabenizou por essa melhora do apetite; 'um pouco mais materializada', ela acrescentou, com um riso nervoso. Ao olhar para cima, fisgou o olhar de George e um rubor se difundiu pelas suas bochechas, ao que ela desviou o olhar com pressa.

"No jardim, àquela tarde, os dois ficaram a sós por um momento. 'O senhor não haverá de contar isso para ninguém, não é, George? Prometa que não vai contar para ninguém', implorou ela. 'Isso nos faria parecer tão ridículas. E, além do mais, comer é *mesmo* antiespiritual, não é? Diga que não vai contar para ninguém.' 'Mas eu vou contar, sim', disse George com brutalidade. 'Contarei para todo mundo, a não ser que...' 'Isso é chantagem.' 'Não me importo', disse George. 'Darei vinte e quatro horas para decidirem.' 'A senhora Lapith ficou decepcionada, é claro; havia desejado coisa melhor — Timpany e uma grinalda. Mas George não era de todo ruim, afinal. Casaram-se no Ano Novo."

— Meu pobre avô! — acrescentou o sr. Wimbush, enquanto fechava o livro e guardava o pincenê. — Sempre que leio nos jornais sobre nacionalidades oprimidas, lembro-me dele. — Reacendeu o charuto. — Era um governo materno, altamente centralizado e não havia nenhuma instituição representativa.

Henry Wimbush parou de falar. No silêncio que se seguiu, os comentários sussurrados de Ivor sobre os esboços espirituais tornaram-se audíveis de novo. Priscilla, que estivera cochilando, acordou de repente.

— O quê? — disse ela, nos tons sobressaltados de alguém que havia recém-retornado à consciência. — O quê?

Jenny captou as palavras. Olhou para cima, sorriu e fez que sim com a cabeça, num gesto reconfortante:

— É sobre um pernil — disse ela.

— Que que tem um pernil?

— O que Henry estava lendo. — Ela fechou o caderno vermelho que estava apoiado nos joelhos e o prendeu com um elástico. — Vou me deitar — anunciou, levantando-se.

— Eu também — disse Anne, com um bocejo. Mas faltava-lhe a energia para se levantar da poltrona.

Era uma noite quente e opressiva. Ao redor das janelas abertas, as cortinas pendiam, imóveis. Ivor, fazendo de leque o retrato de um Ser Astral, olhou para a escuridão e respirou fundo:

— O ar parece feito de lã — declarou.

— Vai refrescar depois da meia-noite — disse Henry Wimbush, e acrescentou, cauteloso —, talvez.

— Não vou dormir, já sei.

Priscilla virou a cabeça na direção dele; sua cabeleira monumental acenava de modo exorbitante ao menor movimento.

— O senhor deve se esforçar para isso — disse. — Quando não consigo dormir, concentro a minha vontade e digo "Eu vou dormir, eu estou dormindo!" e pufe!, lá vou eu. Esse é o poder do pensamento.

— Mas funciona nessas noites mormacentas? — indagou Ivor. — Simplesmente não consigo dormir em noites mormacentas.

— Nem eu — disse Mary —, exceto ao ar livre.

— Ao ar livre! Que ideia maravilhosa!

No fim, decidiram dormir nas torres — Mary na torre oeste, e Ivor na leste. Uma vastidão plana de placas de chumbo cobria o telhado de cada uma das torres, e era possível passar um colchão pelos alçapões que levavam até elas. Sob as estrelas, sob a lua gibosa, era certo que pegariam no sono. Os colchões foram levados lá para cima, abriram-se lençóis e cobertores, e os dois insones, uma hora depois, cada um em sua torre, davam gritos de boa noite que atravessavam o abismo entre eles.

Em Mary, o encanto sonífero de dormir ao ar livre não realizou a magia esperada. Mesmo através do colchão, era impossível não perceber o quanto eram extremamente duras as placas de chumbo. E depois havia os barulhos: as corujas piavam incansavelmente e, em certo momento, perturbados por algum terror desconhecido, todos os gansos da fazenda irromperam num frenesi súbito de grasnados. As estrelas e a lua gibosa exigiam atenção e, quando um meteorito riscou o céu, não tinha como não ficar esperando, alerta, de olhos bem abertos, a vinda do próximo. O tempo passou; a lua foi subindo mais e mais alto no céu. Mary sentia-se menos sonolenta do que quando subira à torre. Sentou-se ereta e olhou por sobre o parapeito. Será que Ivor conseguira dormir?, perguntou-se. E, como se em resposta à sua pergunta mental, sem fazer nenhum barulho, surgiu uma forma branca por detrás da chaminé na ponta mais distante do telhado — uma forma que, ao luar, era reconhecivelmente Ivor. Abrindo os braços para a direita e para a esquerda, feito um dançarino na corda-bamba, começou a avançar, caminhando pela trave horizontal do telhado. Vacilava de modo aterrador enquanto o fazia. Mary olhava, sem palavras; talvez estivesse andando como um sonâmbulo! Imagine só se ele acordasse de repente! Se ela falasse ou se mexesse, era capaz de ele morrer. Não ousou nem olhar mais e, em vez disso, afundou-se de volta nos travesseiros. Ficou escutando, atenta. Durante um período que pareceu imensamente longo, não se ouviu ruído algum. E então veio um som de passos sobre as telhas, ao que se seguiu um ruído de alguém se arrastando e um "Maldição!" aos sussurros. E, de repente, a cabeça e os ombros de Ivor surgiram acima do parapeito. Seguiu-se uma perna, depois a outra. Ele estava sobre as placas de chumbo. Mary fingiu acordar de sobressalto.

— Ah! — disse. — O que está fazendo aqui?

— Não conseguia dormir — explicou ele —, por isso vim aqui ver se você também não conseguia. É um tédio ficar sozinho numa torre. Não acha?

Clareou antes das cinco. Nuvens longas e estreitas barravam o leste, suas extremidades irradiavam um fogo alaranjado. O céu estava pálido e úmido. Com o grito lutuoso de uma alma sofredora, um pavão monstruoso, vindo num voo pesado lá de baixo, pousou no parapeito da torre. Ivor e Mary acordaram de vez, assustados.

— Pegue-o! — gritou Ivor, erguendo-se num pulo. — Vamos pegar uma pena.

O pavão assustado correu de um lado para o outro do parapeito numa aflição absurda, balançando-se, fazendo reverências e cacarejando; sua longa cauda oscilava ponderosamente para lá e para cá enquanto se virava e revirava. Então, com um bater de asas e um farfalhar, atirou-se no ar e velejou majestosamente na direção do solo, recuperando a dignidade. Mas deixara para trás um troféu. Ivor apanhou a sua pena, um olho de longos cílios verde e púrpura, azul e dourado. Entregou-o à companheira.

— A pena de um anjo — disse ele.

Mary lançou à pena, por um momento, um olhar grave e atento. O pijama violeta a cobria de um modo frouxo que lhe ocultava as curvas do corpo, deixando-a semelhante a um brinquedo grande, confortável, desprovido de juntas, algum tipo de ursinho de pelúcia — porém um ursinho de pelúcia com uma cabeça de anjo, bochechas rosadas e um cabelo que parecia um sino de ouro. O rosto de anjo, a pena da asa de um anjo... De algum modo, a atmosfera toda daquele alvorecer era um tanto angelical.

— É extraordinário pensar na seleção sexual — disse ela, enfim, erguendo o olhar de sua contemplação da pena milagrosa.

— Extraordinário — repetiu Ivor. — Eu seleciono você, você me seleciona. Quanta sorte!

Ele pôs os braços em volta dos ombros dela e os dois ficaram ali olhando para o leste. Os primeiros raios do sol começavam a aquecer e colorir a luz pálida da alvorada. Pijamas cor de malva e pijamas brancos; eram um casal jovem e encantador. O sol nascente tocou seus rostos. Era tudo simbólico ao extremo; mas também, quando se opta por pensar desse jeito, não há nada neste mundo que não seja simbólico. Verdade bela e profunda!

— Devo voltar para a minha torre — disse Ivor, enfim.

— Mas já?

— Receio que sim. A criadagem logo estará acordada.

— Ivor...

Houve uma despedida prolongada e silenciosa.

— E agora — disse Ivor —, vou repetir a minha façanha da corda-bamba.

Mary atirou os braços ao redor do pescoço dele.

— Não faça isso, Ivor. É perigoso. Por favor.

Ele foi obrigado, enfim, a ceder às suas súplicas.

— Tudo bem — disse. — Eu desço pela casa e depois subo pela outra ponta.

Ele desapareceu pelo alçapão na escuridão que ainda espreitava no interior da casa fechada. Um minuto depois, reapareceu na torre do outro lado; acenou com a mão e depois mergulhou, para além da vista dela, atrás do parapeito. De lá de baixo, na casa, veio o tênue zumbido do despertador, feito o de uma vespa. Ele voltara bem na hora.

Capítulo XX

Ivor estava indo embora. Acomodado atrás do para-brisa de seu sedã amarelo, disparava pelas curvas da Inglaterra rural. Compromissos sociais e amorosos do mais urgente caráter o convocavam de salão em salão baronial, de castelo em castelo, de casarão elisabetano a mansão georgiana, atravessando toda a expansão do reino. Um dia em Somerset, no outro em Warwickshire, sábado em West Riding, e Argyll na manhã de terça — Ivor jamais descansava. Ao longo de todo o verão, do começo de julho até o fim de setembro, ele se dedicava a isso; era um mártir da própria agenda. No outono voltava à Londres para tirar umas férias. Crome fora um pequeno incidente, uma bolha evanescente no fluxo de sua vida; já pertencia ao passado. Por volta da hora do chá, estaria em Gobley, e lá haveria o sorriso receptivo de Zenobia. E na manhã de quinta-feira — ah, mas aí já era muito no futuro. Ele pensaria na manhã de quinta quando a manhã de quinta chegasse. Enquanto isso, havia Gobley. Enquanto isso, Zenobia.

No livro dos visitantes de Crome, Ivor deixara, como era seu costume inabalável nesses casos, um poema. Improvisara-o magistralmente nos dez minutos que tinham antecedido sua partida. Denis e o sr. Scogan voltaram caminhando juntos dos portões do pátio, onde haviam se despedido por fim; na escrivaninha do salão encontraram o livro aberto e a composição de Ivor, que mal tivera tempo de secar. O sr. Scogan a leu em voz alta:

Dos reis esta magia que perdura,
Tecendo encantos pela noite quieta
Dorme n'alma de toda criatura;
Desde a asa auricular da borboleta
Ao mar azul, à acroceráunia altura,
E orgíacas visões do anacoreta;
Em tudo que canta, e ao cantar flutua,
No amor, na dor, na diversão seleta.
Mas um feitiço maior e mais ferino
Tece aqui a sua mágica em meu ser.
Crome chama, em voz de sino vespertino,
Qual necrópole, faz-me estremecer.
    Levam-me os fados. Ai! Minh'alma chora
    Quando Crome, longínquo lar, rememora.

— Muito bonito, de bom gosto, de bom tom — disse o sr. Scogan, assim que terminou. — Só me incomodam as asas auriculares da borboleta. Você tem conhecimento em primeira mão de como funciona a mente do poeta, Denis; talvez possa explicar.

— Nada poderia ser mais simples — disse Denis. — É uma bela palavra, e Ivor queria dizer que as asas da borboleta eram douradas.

— Você deixa tudo luminosamente claro.

— Sofre-se tanto — prosseguiu Denis —, com o fato de que belas palavras nem sempre significam o que deveriam. Recentemente, por exemplo, um poema inteiro meu foi arruinado só porque a palavra "carminativo" não significava o que deveria significar. Carminativo... é admirável, não é?

— Admirável — concordou o sr. Scogan. — E o que isso quer dizer?

— É uma palavra pela qual tenho carinho desde a mais tenra infância — disse Denis —, pela qual tenho carinho e amor. Costumavam me dar canela para tomar quando eu ficava resfriado... era bem inútil, mas nada desagradável. Pingavam gota por gota, de frasquinhos estreitos, um licor dourado, feroz e quente. No rótulo havia uma lista de suas virtudes, dentre as quais constava ser um carminativo da mais elevada gradação. Eu adorava a palavra. "Que carminativo", eu dizia a mim mesmo depois de ter tomado a minha dose. Parecia ser uma descrição maravilhosa daquela sensação de calor interno, aquele brilho, aquela (como devo chamar?) autossatisfação física que sobrevinha após beber canela. Mais tarde, quando descobri o álcool, "carminativo" passou a descrever aquele brilho semelhante, porém mais nobre, mais espiritual, que o vinho evoca, não apenas no corpo, mas também na alma. As virtudes carminativas do vinho da Borgonha, do rum, do conhaque envelhecido, do Lacryma Christi, do Marsala, do Aleatico, da cerveja preta, do gim, do champanhe, do clarete, do vinho novo e puro da vindima toscana deste ano... eu os comparei, classifiquei todos eles; o Marsala é carminativo de um jeito rosado e suave, o gim pinica e refresca enquanto esquenta. Eu possuía uma tabela inteira de valores de carminação. E agora… — Denis abriu as mãos, com as palmas viradas para cima, em desespero. — Agora eu sei o que "carminativo" significa de verdade.

— Bem, e o *quê* isso significa? — perguntou o sr. Scogan, com um tanto de impaciência.

— Carminativo — disse Denis, demorando-se com carinho em cada sílaba —, carminativo. Eu imaginava que tivesse algo vagamente a ver com *carmen-carminis,* ou ainda mais vagamente com *caro-carnis* e seus derivados, como carne e carnaval. Carminativo… havia a ideia de cantar, a ideia de carnal, cor-de-rosa e quente, com uma sugestão das alegrias da *mi-carême* e as festas de mascarados de Veneza. Carminativo… o calor, o brilho, a maturação interior, tudo isso estava na palavra. Em vez de…

— Por favor, chegue logo ao ponto, meu caro Denis — protestou o sr. Scogan. — Por favor, chegue logo ao ponto.

— Bem, eu escrevi um poema outro dia — disse Denis —, escrevi um poema sobre os efeitos do amor.

— Outros já fizeram o mesmo antes de você — disse o sr. Scogan. — Não há por que se envergonhar.

— Eu estava propondo a noção — prosseguiu Denis — de que os efeitos do amor eram, muitas vezes, semelhantes aos efeitos do vinho, de que Eros era capaz de embriagar tanto quanto Baco. O amor é, por exemplo, carminativo em sua essência. Ele confere essa sensação de calor, de brilho.

"Paixão, carminativa feito o vinho…

… foi o que escrevi. Não apenas resultou num verso de sonoridade elegante, como também, lisonjeei-me, de expressividade precisa e compendiosa. Tudo estava ali na palavra 'carminativo'... um primeiro plano exato, detalhado, e as imensas e indefinidas matas virgens da sugestão.

Paixão, carminativa feito o vinho...

"Não me desagradou. E então de repente me ocorreu que eu jamais de fato chegara a conferir a palavra num dicionário. 'Carminativo' crescera comigo desde os tempos do frasco de canela. Nunca tinha parado para pensar duas vezes. Carminativo: para mim, a palavra era tão rica em conteúdo quanto alguma obra de arte tremenda e elaborada; era uma paisagem completa, com figuras.

Paixão, carminativa feito o vinho...

"Era a primeira vez que eu levava essa palavra ao papel, e de imediato senti que gostaria da autoridade lexográfica para usá-la. Um pequeno dicionário inglês-alemão era tudo que eu tinha comigo. Olhei o C, ca, car, carm. Lá estava, o carminativo: 'Carminative: *windtreibend*'. *Windtreibend!*[*] — repetiu. O sr. Scogan soltou risada. Denis balançou a cabeça.
— Ah, para mim não foi motivo de riso. Para mim, essa ocasião marcou o fim de um capítulo, a morte de algo jovem e precioso. Foram-se os anos, anos de infância e inocência, durante os quais acreditara que carminativo significasse... bem, carminativo. E agora, à minha frente jaz o restante da minha vida... um dia, talvez, dez anos, meio século, durante o qual saberei que carminativo quer dizer *windtreibend*.

---

[*] Capaz de induzir a liberação de gases; antigases. Termo usado na farmacologia. (N. E.)

Plus ne suis ce que j'ai été
Et ne le saurai jamais être.

É uma percepção que deixa a gente com uma melancoliazinha.

— Carminativo — disse o sr. Scogan, pensativo.

— Carminativo — repetiu Denis, e os dois se calaram por um tempo. — Palavras — disse Denis, enfim —, palavras... pergunto-me se você se dá conta do quanto eu as amo. Você é preocupado demais com coisas ordinárias, ideias e pessoas, para compreender a beleza plena das palavras. Sua mente não é uma mente literária. O espetáculo do sr. Gladstone ao encontrar trinta e quatro rimas para o nome "Margot" lhe parece mais patético do que qualquer outra coisa. Os envelopes de Mallarmé com seus endereços em verso despertam-lhe frieza, se não pena; você não vê que

Apte à ne point te cabrer, hue!
Poste, et j'ajouterai, dia!
Si tu ne fuis onze-bis Rue
Balzac, chez cet Heredia,

... é um pequeno milagre.

— Tem razão — disse o sr. Scogan. — Não vejo mesmo.

— Não sente nada de mágico nisso?

— Não.

— Esse é o teste da mente literária — disse Denis —, a sensação de algo mágico, a noção de que as palavras têm poder. A parte técnica e verbal da literatura é simplesmente um desenvolvimento mágico. As palavras foram a primeira e a mais grandiosa invenção do homem. Com a linguagem, ele criou todo um novo universo; não é de se admirar que tenha amado as palavras e lhes atribuído poder! Com as devidas e harmoniosas palavras, os mágicos invocavam coelhos de cartolas vazias, assim como espíritos dos elementos. Seus descendentes, os homens literários, ainda levam esse processo adiante, grudando as fórmulas verbais umas nas outras, trêmulos de deleite e reverência diante do feitiço concluído. Coelhos saídos de cartolas vazias? Não, seus feitiços são mais sutilmente poderosos, pois evocam emoções de mentes vazias. Formuladas pela sua arte, as declarações mais insípidas ganham uma significância enorme. Por exemplo, se eu oferecer a constatação: "Cada etapa da escada escapa", eis uma verdade autoevidente, na qual não valeria a pena insistir, caso eu tivesse escolhido formulá-la com palavras como "Cada um dos degraus da escada está escorregadiço" ou "Chaque étape de l'échelle est glissant". Porém, como eu coloquei nesses termos: "Cada etapa da escada escapa", ela se torna, apesar de autoevidente, também significativa, inesquecível e comovente. A criação, pelo poder da palavra, de algo a partir do nada... o que é isso, senão magia? E, devo acrescentar, o que é isso, senão literatura? Metade da melhor poesia do mundo não passa de "Chaque étape de l'échelle est glissant" traduzido até o ponto em que ganha uma significância mágica e se torna "Cada etapa da escada escapa". E você é incapaz de sentir apreço pelas palavras. Lamento por você.

— Um carminativo mental — disse o sr. Scogan, reflexivo. — É disso que você precisa.

Capítulo XXI

Empoleirado sobre seus quatro cogumelos de pedra, o pequeno celeiro erguia-se uns sessenta ou noventa centímetros acima do mato do cercadinho verde. Abaixo dele havia uma sombra perpétua e um trecho úmido de capim longo e exuberante. Naquele local, à sombra, à umidade verdejante, uma família de patinhos brancos procurara abrigo do sol da tarde. Alguns estavam de pé, alisando-se, alguns repousavam com suas longas barrigas pressionadas contra o chão, como se o mato fresco fosse água. Pequenos ruídos sociais irrompiam intermitentemente dali, e de tempos em tempos alguma cauda pontuda executava um brilhante *tremolo* lisztiano. Seu repouso jovial foi interrompido de repente. Um baque prodigioso abalou o piso de madeira acima de suas cabeças; o celeiro inteiro estremeceu, pequenos fragmentos de terra e migalhas de madeira caíram feito chuva entre eles. Com um grasnado alto e contínuo, os patos saíram correndo de sob essa ameaça anônima e não pararam de fugir até se verem em segurança no pátio da fazenda.

— Não precisa perder a paciência — dizia Anne. — Escuta só! Você assustou os patos. Coitadinhos! Não é à toa. — Ela estava sentada de lado, numa cadeira baixa de madeira. O cotovelo direito estava apoiado no encosto da cadeira e ela apoiava a bochecha com a mão. Seu corpo longo e esbelto pendia em curvas dotadas de uma graça indolente. Sorria e olhava para Gombauld através de olhos semicerrados.

— Maldita seja! — repetiu Gombauld, batendo o pé mais uma vez. Ele a fuzilava com o olhar pela lateral do retrato semiconcluído sobre o cavalete.

— Coitadinhos dos patinhos — repetiu Anne. O som dos grasnados ficava mais fraco à distância; já era inaudível.

— Não vê que me faz perder meu tempo? — ralhou. — Não consigo trabalhar se você ficar se balançando distraidamente desse jeito.

— Perderia menos tempo se parasse de falar e bater o pé e pintasse mais, para variar. Afinal, por que é que estou me balançando aqui, se não for para você me pintar?

Gombauld emitiu um som que parecia um grunhido.

— Você é terrível — disse, convicto. — Por que me pede para vir e ficar aqui? Por que me diz que gostaria que eu pintasse seu retrato?

— Pelos simples motivos de que eu gosto de você (pelo menos, quando está de bom humor) e acho que é um bom pintor.

— Pelo simples motivo — Gombauld imitou a voz dela — de que quer que eu faça amor com você e, então, quando acontecer, divertir-se fugindo de mim.

Anne jogou a cabeça para trás e gargalhou:

— Então você pensa que acho divertido ter que fugir de suas investidas! Que masculino da sua parte! Se apenas soubesse o quanto os homens são asquerosos, horríveis e enfadonhos quando tentam fazer amor e nós não queremos! Se apenas pudessem se ver pelos nossos olhos!

Gombauld apanhou sua paleta e pincéis, atacando a tela com o ardor da irritação:

— Suponho que vá dizer agora que não foi você quem começou este joguinho, que fui eu quem fez as primeiras investidas e você foi a vítima inocente que ficou sentadinha e nunca fez nada para me convidar ou me atrair.

— Ah, tão masculino de novo! — disse Anne. — É sempre a mesma velha história de sempre, da mulher que tenta o homem. A mulher atrai, fascina, convida; e o homem, o homem nobre e inocente, é a vítima. Meu pobre Gombauld! Com certeza não vai cantar essa velha ladainha de novo. É uma desinteligência, e eu sempre achei que você fosse um homem de bom senso.

— Obrigado — disse Gombauld.

— Seja um pouco objetivo — prosseguiu Anne. — Não vê que está apenas externalizando suas próprias emoções? É isso que vocês homens sempre fazem; é uma coisa de uma ingenuidade tão bárbara. Vocês sentem um de seus desejos desatados por alguma mulher, e porque a desejam com força, imediatamente a acusam de ser um chamariz, de provocar e convidar o desejo deliberadamente. Possuem a mentalidade de selvagens. Poderiam muito bem dizer que um prato de morango com creme provoca vocês delibera-damente à gulodice. Em noventa e nove casos de cem, as mulheres são tão passivas e inocentes quanto os morangos com creme.

— Bem, só posso dizer que esse deve ser o centésimo caso, então — disse Gombauld, sem tirar os olhos do quadro.

Anne deu de ombros e deixou extravasar um suspiro:

— Não sei dizer o que é maior: sua tolice ou sua grosseria.

Após passar um tempinho pintando em silêncio, Gombauld voltou a falar:

— E aí temos Denis — disse, renovando a conversa, como se tivesse sido interrompida. — Está fazendo o mesmo jogo com ele. Por que não consegue deixar aquele jovem coitado em paz?

Anne ruborizou-se com uma raiva súbita e incontrolável:

— Não sei dizer o que é maior: sua tolice ou sua grosseria. — respondeu, indignada. — Jamais sonhei em jogar o que você chama belamente de "o mesmo jogo" com ele. — Recuperando a calma, acrescentou, arrulhando com a voz de sempre e seu sorriso exacerbado. — Você ficou todo protetor quanto ao pobre Denis assim de repente.

— Sim, fiquei — respondeu Gombauld, com uma seriedade que, de algum modo, era um pouco solene demais. — Não gosto de ver um jovem…

— … ser conduzido pela estrada que leva à ruína — disse Anne, terminando a frase por ele. — Admiro os seus sentimentos e, pode acreditar em mim, partilho deles.

As palavras que Gombauld dissera a respeito de Denis despertaram uma curiosa irritação em Anne. Aquilo era uma completa inverdade. Gombauld até podia ter algum fundamento para as suas broncas. Mas Denis? Não, ela jamais flertara com Denis. Pobrezinho! Era tão meigo. Ela ficou meio pensativa.

Gombauld seguiu pintando com fúria. A inquietude de um desejo insatisfeito que antes distraía a sua mente, impossibilitando o trabalho, parecia agora ter se convertido num tipo de energia febril. Quando ficasse pronto, dizia a si mesmo, seria um retrato diabólico. Ele a pintava na pose que ela adotara naturalmente quando se sentara. De lado, com o cotovelo no encosto da cadeira, a cabeça e os ombros virados obliquamente em relação ao restante do corpo, para a frente, deixando-se cair numa atitude indolente de abandono. Ele enfatizara as curvas preguiçosas do seu corpo; as linhas afundavam conforme riscavam a tela, a graça da figura pintada parecia derreter num tipo de apodrecimento suave. A mão que estivera apoiada no joelho estava mole feito uma luva. Trabalhava agora no rosto; que começava a surgir na tela, feito o de uma boneca em sua regularidade e apatia. Era o rosto de Anne — mas seu rosto como seria se completamente desprovido da iluminação das luzes interiores da emoção e do pensamento. Era a máscara preguiçosa e inexpressiva que, volta e meia, fazia as vezes do seu rosto. O retrato era terrivelmente semelhante; e, ao mesmo tempo, era a mais maliciosa das mentiras. Sim, seria diabólico quando estivesse concluído, decidiu Gombauld; perguntava-se o que ela acharia dele.

Capítulo XXII

Atrás de um pouco de paz e silêncio, Denis se retirou mais cedo, naquela mesma tarde, para os seus aposentos. Queria trabalhar, mas era uma hora sonolenta, e o almoço, consumido tão recentemente, sobrecarregava seu corpo e sua mente. O demônio meridiano atuava sobre ele; estava possuído por aquela melancolia pós-prandial, tão entediada e irremediável que os cenobitas de outrora conheciam e temiam sob o nome de "acídia". Sentia-se, assim como Ernest Dowson, "um tanto exausto". Estava com ânimo para compor algo num tom sofisticado e suave e quietista; algo um tanto caído e, ao mesmo tempo — como poderia dizê-lo? —, um pouco infinito. Pensou em Anne, no amor desesperançado e inatingível. Talvez esse fosse o tipo ideal de amor, o tipo desesperançado — o tipo de amor quieto e teórico. Nesse humor tristonho de barriga cheia, ele bem conseguia crer numa coisa dessas. Começou a escrever. Um quarteto elegante fluíra da ponta de sua caneta

> Não é mais, este cismado amor,
> Que o deslizar de um luar furtivo,
> E evoca a sombra exangue da cor
> Ao seio que mal parece vivo...

… quando a sua atenção foi atraída por um ruído vindo de fora. Olhou pela sua janela e lá estavam eles, Anne e Gombauld, conversando e dando risada juntos. Atravessaram o pátio da frente e saíram do alcance da sua vista por meio de um portão no muro à direita. Era o caminho que levava ao cercadinho verde e ao celeiro; ela posaria para ele outra vez. Sua melancolia aprazivelmente depressiva dissipou-se numa nuvem de emoções violentas; colérico, arremessou o quarteto no cesto de lixo e correu escada abaixo. "O deslizar de um luar furtivo", de fato!

No corredor, avistou o sr. Scogan; o homem parecia estar à espera. Denis tentou fugir, mas em vão. O olho do sr. Scogan brilhava como o do Velho Marinheiro:

— Não tão rápido — disse, estendendo uma mãozinha sáuria com unhas pontiagudas —, não tão rápido. Eu estava prestes a dar uma passadinha no jardim para pegar um sol. Vamos juntos.

Denis se entregou; o sr. Scogan pôs seu chapéu, e saíram os dois, de braços dados. Sobre a relva depilada do terraço, Henry Wimbush e Mary jogavam uma partida solene de *bowls*[*]. Eles desceram pela trilha dos teixos. Tinha sido ali, pensou Denis, ali que Anne tombara, ali que a beijara, ali — e ele corou com a vergonha retrospectiva da lembrança —, ali que ele tentara carregá-la sem conseguir. A vida era horrível!

— A sanidade! — disse o sr. Scogan, interrompendo de súbito um longo silêncio. — A sanidade… é isso que há de errado comigo, e será isso que haverá de errado

---

[*] Esporte tradicional inglês semelhante à bocha, jogado na grama. (N. E.)

contigo, meu caro Denis, quando tiver idade o suficiente para ser são ou insano. Num mundo de sanidade, eu seria um grande homem; do modo como são as coisas, neste estabelecimento curioso, não sou coisa alguma; para todos os intentos e propósitos, nem ao menos existo. Sou apenas *Vox et praeterea nihil*.

Denis não respondeu nada; estava pensando em outras coisas:

"Afinal", dizia para si mesmo, "afinal, Gombauld é mais bonito do que eu sou, mais divertido, mais confiante; e, além do mais, já é alguém, enquanto eu ainda sou apenas potencial..."

— Tudo que se faz nesse mundo, quem faz são os loucos — prosseguiu o sr. Scogan. Denis tentava não escutar, mas a insistência incansável do discurso do sr. Scogan conquistou gradualmente a sua atenção. — Homens como o homem que sou, como o que você possivelmente será, jamais conquistaram coisa alguma. Somos sãos demais, meramente sensatos. Falta-nos o toque humano, a mania entusiasmada e convincente. As pessoas estão mais do que dispostas a dar ouvidos aos filósofos para derivar deles alguma graça, assim como dariam ouvidos a um tocador de rabeca ou a um saltimbanco. Porém, agir com base nos conselhos dos homens da razão... jamais. Sempre que foi preciso tomar uma decisão entre o homem da razão e o louco, o mundo não falhou em seguir o louco, sem hesitar. Pois o louco apela ao que é fundamental, à paixão e aos instintos; os filósofos, ao que é superficial e supererrogatório... a razão.

Os dois entraram no jardim; à ponta de um dos corredores se via um banco verde de madeira, embutido no meio de um continente perfumado de arbustos de lavanda. Foi ali, embora fosse um lugar sem sombra e onde o que se respirava era uma fragrância seca e quente no lugar do ar — foi ali que o sr. Scogan escolheu sentar-se. Ele prosseguiu sob a luz imoderada do sol.

— Considere, por exemplo, o caso de Lutero e Erasmo. — Ele sacou o cachimbo e começou a preenchê-lo enquanto discursava. — Havia Erasmo. Se um dia houve um homem da razão, foi ele. As pessoas até lhe deram ouvidos a princípio… um virtuoso novo tocando aquele instrumento elegante e engenhoso que é o intelecto; até mesmo chegaram a lhe prestar admiração e veneração. Mas será que ele conseguiu convencê-los a se comportarem como queria que se comportassem — de modo razoável, decente ou, ao menos, um pouco menos porco do que de costume? Não conseguiu. E então aparece Lutero, violento, apaixonado, um louco insanamente convencido a respeito de questões nas quais não pode haver convicção alguma. Ele berrava, e os homens corriam para segui-lo. Ninguém mais dava ouvidos a Erasmo; foi injuriado por ser razoável demais. Lutero era sério, Lutero era a realidade… assim como a Grande Guerra. Erasmo era apenas a razão e a decência; faltava-lhe o poder, enquanto sábio, de impelir os homens à ação. A Europa seguiu Lutero e embarcou num século e meio de guerra e perseguições sangrentas. É uma história de melancolia. — O sr. Scogan acendeu um fósforo. Sob a luz intensa, a chama era quase invisível. O cheiro da queima do tabaco começou a se misturar com o odor agridoce da lavanda.

— Se quiser fazer com que os homens se comportem com sensatez, é preciso persuadi-los de um modo maníaco.

Os preceitos muito sãos dos fundadores das religiões tornam-se infecciosos apenas por meio de entusiasmos que hão de parecer deploráveis a um homem são. É humilhante observar quão impotente é a sanidade pura. A sanidade, por exemplo, informa-nos que o único modo pelo qual poderemos preservar a civilização é nos comportando de maneira decente e inteligente. A sanidade apela e argumenta; nossos governantes perseveram em suas porquices costumeiras enquanto nos calamos e obedecemos. A única esperança é uma cruzada maníaca; estou pronto, quando ela chegar, para bater o pandeiro junto dos mais barulhentos, mas hei de me sentir, ao mesmo tempo, um tanto envergonhado de mim mesmo. Porém... — o sr. Scogan deu de ombros, fazendo um gesto conformado com o cachimbo nas mãos. — ... e inútil reclamar que as coisas são como são. Persiste o fato de que a sanidade desassistida é imprestável. O que queremos, então, é uma exploração sã e razoável das forças da insanidade. Nós, homens sãos, ainda haveremos de deter o poder. — Os olhos do sr. Scogan brilhavam com um brilho além do ordinário e ele deu vazão, ao tirar o cachimbo da boca, à sua risada alta, seca e, de algum modo, um tanto endiabrada.

— Mas eu não desejo o poder — disse Denis. Estava sentado, com o corpo mole e desconfortável, numa ponta do banco, cobrindo os olhos com a mão da claridade intolerável. O sr. Scogan, sentado ereto na outra ponta, deu mais uma risada.

— Todos desejam o poder — disse. — Poder de uma ou outra forma. O tipo de poder pelo qual você anseia é o poder literário. Algumas pessoas desejam o poder de perseguir outros seres humanos; você gasta a sua sede de poder perseguindo as palavras, distorcendo-as, moldando-as, torturando-as para que obedeçam a você. Mas estou divagando.

— Está mesmo? — perguntou Denis, debilmente.

— Sim — continuou o sr. Scogan, sem prestar-lhe atenção —, o tempo há de chegar. Nós, homens de inteligência, aprenderemos a dominar as insanidades a serviço da razão. Não podemos mais deixar o mundo sob a direção do acaso. Não podemos deixar que maníacos perigosos como Lutero, ensandecido quanto aos dogmas, ou como Napoleão, ensandecido consigo mesmo, continuem aparecendo casualmente e virando tudo de pernas para o ar. No passado, não importava tanto; mas nosso maquinário moderno é delicado demais. Mais alguns baques como a Grande Guerra, um ou dois Luteros, e a coisa toda vai ficar em frangalhos. No futuro, os homens da razão deverão garantir que a loucura dos maníacos do mundo seja canalizada para os devidos canais, conduzida rumo a trabalhos úteis, assim como a correnteza que desce a montanha movimenta um dínamo…

— Gerando eletricidade para iluminar um hotel suíço — disse Denis. — Você deveria ter terminado o símile.

O sr. Scogan ignorou a interrupção com um aceno:

— Só há uma coisa a ser feita — disse. — Os homens de inteligência devem combinar, devem conspirar e tomar o poder dos imbecis e maníacos que nos comandam hoje. Devem fundar o Estado Racional.

O calor que estava aos poucos paralisando todas as faculdades mentais e corporais de Denis parecia conferir uma vitalidade adicional ao sr. Scogan. Ele discursava com uma energia cada vez maior, suas mãos se moviam em gestos bruscos, rápidos e precisos, seus olhos reluziam. Rígida, ríspida e contínua, sua voz prosseguia, repicando e repicando nos ouvidos de Denis com a insistência de um ruído mecânico.

— No Estado Racional — ele ouviu o sr. Scogan dizer —, os seres humanos serão separados em espécies distintas, não de acordo com a cor de seus olhos, nem o formato de seus crânios, mas de acordo com as qualidades de suas mentes e temperamentos. Psicólogos examinadores, treinados para o que nos pareceria hoje uma quase clarividência sobre-humana, testarão cada criança que nascer, a fim de atribuí-la à sua devida espécie. Devidamente rotulada e registrada, a criança receberá a educação adequada aos membros de sua espécie e, na vida adulta, será direcionada àquelas funções que os seres humanos de sua variedade são capazes de realizar.

— E quantas espécies haverá? — perguntou Denis.

— Muitas delas, sem dúvida — respondeu o sr. Scogan —, a classificação será sutil e elaborada. Mas não consta dentre os poderes de um profeta entrar em detalhes, tampouco é o seu dever. Apenas indicarei as três espécies principais nas quais os cidadãos do Estado Racional serão divididos.

Ele fez uma pausa, pigarreou e tossiu uma ou duas vezes, evocando na mente de Denis a visão de uma mesa com um copo e uma garrafa d'água e um longo ponteiro branco repousando num dos cantos, para o professor apontar para as imagens da lanterna mágica.

— As três espécies principais — prosseguiu o sr. Scogan —, serão as seguintes: as Inteligências Diretivas, os Homens de Fé e o Rebanho. Entre as Inteligências, constarão todos aqueles capazes de pensamento, aqueles que sabem como obter um certo grau de liberdade (e, veja bem, como é limitada, até mesmo entre os mais inteligentes, essa liberdade!) da escravidão mental de seu tempo. Um corpo seleto de Inteligências, escolhidas dentre aquelas que tiverem voltado sua atenção aos problemas da vida prática, serão as governantes do Estado Racional. Empregarão como seus instrumentos de poder a segunda grande espécie da humanidade... os Homens de Fé, os Loucos, como eu os venho chamando, que acreditam nas coisas de modo irracional, apaixonadamente, e que estão dispostos a morrer por suas crenças e desejos. Esses homens selvagens, com suas potencialidades temerosas tanto para o bem quanto para a malícia, não terão mais a permissão para reagir casualmente a um ambiente casual. Não haverá mais nenhum César Bórgia, nenhum Lutero e Maomé, nenhuma Joanna Southcott, nenhum Comstock. Os Homens de Fé e Desejo à moda antiga, essas criaturas acidentais de circunstância bruta, capazes de levar os homens ao pranto e à penitência, ou que poderiam, com a mesma facilidade, levá-los a cortar as gargantas uns dos outros, serão substituídos por um novo tipo de louco, ainda o mesmo externamente, ainda fervilhando com o que parece ser um entusiasmo espontâneo, mas, ah, como será diferente do louco do passado! Pois o novo Homem de Fé esbanjará a sua paixão, o seu desejo e o seu entusiasmo com a propagação de alguma ideia razoável. E será, sem se dar conta disso, a ferramenta de alguma inteligência superior.

O sr. Scogan deu um risinho perverso; era como se estivesse se vingando dos entusiastas, em nome da razão.

— Desde os seus primeiros anos de vida, isto é, assim que os psicólogos examinadores atribuírem para eles o seu lugar no esquema classificatório, os Homens de Fé receberão sua educação especial sob o olhar das Inteligências. Moldados por um longo processo de sugestão, sairão mundo afora pregando e praticando com mania generosa os projetos friamente sensatos concebidos pelos Diretores de patamares superiores. Quando esses projetos forem concluídos ou quando as ideias que eram úteis na década passada deixarem de ser, as Inteligências inspirarão uma nova geração de loucos com uma nova verdade eterna. A função principal dos Homens de Fé será conduzir e direcionar a Multidão, essa terceira grande espécie, que consiste naqueles incontáveis milhões a quem falta inteligência e qualquer entusiasmo valioso. Quando se considerar necessário exigir do Rebanho algum esforço em particular pelo bem da solidariedade, a fim de que a humanidade seja incitada e unida por um único desejo ou ideia entusiasmada, os Homens de Fé, munidos de algum credo simples e satisfatório, serão enviados em missões de evangelização. Em tempos ordinários, quando as altas temperaturas espirituais de uma Cruzada seriam insalubres, os Homens de Fé se ocuparão, franca e silenciosamente, dessa grande obra educativa. Na educação do Rebanho, a sugestionabilidade quase infinita da raça humana será explorada de modo científico. A seus membros será garantido, de modo sistemático e desde a mais tenra infância, que não será possível encontrar felicidade em qualquer coisa que não seja o trabalho e a obediência; serão levados a crer que são felizes, que são seres de tremenda importância e que tudo que fazem é nobre e significativo. Para a espécie inferior, a Terra será restaurada ao centro do universo e o homem à proeminência na Terra.

Ah, como invejo a hoste dos comuns no Estado Racional! Trabalhando suas oito horas por dia, obedecendo aos seus superiores, convencidos de sua própria grandiosidade, significância e imortalidade, serão pessoas maravilhosamente felizes, mais felizes do que qualquer outra raça de homens jamais foi. Passarão pela vida num estado róseo de embriaguez, do qual jamais despertarão. Os Homens de Fé farão o papel dos escanções nesse bacanal perpétuo, enchendo de novo e de novo as taças com a bebida calorosa que as Inteligências, em privacidade triste e sóbria nos bastidores, prepararão para embriagar seus subordinados.

— E qual será o meu lugar no Estado Racional? — indagou Denis, sonolento, debaixo da sombra de sua mão.

O sr. Scogan olhou para ele por um momento, em silêncio:

— É difícil ver onde você se encaixaria — respondeu, por fim. — Não é capaz de trabalhos manuais; é imune às sugestões e independente demais para pertencer ao Rebanho maior; não tem nenhuma das características necessárias a um Homem de Fé. Quanto às Inteligências Diretivas, elas precisarão ser maravilhosamente claras, impiedosas e penetrantes. — Ele fez uma pausa e balançou a cabeça. — Não, não consigo ver um lugar para você; apenas a câmara letal mesmo.

Profundamente magoado, Denis emitiu a imitação de uma altissonante risada homérica.

— Estou ficando com insolação aqui — proferiu, e se levantou.

O sr. Scogan seguiu o exemplo e os dois foram embora, caminhando devagar pela trilha estreita, roçando nas flores azuis de lavanda em sua passagem. Denis puxou um ramo de lavanda e o cheirou; depois algumas folhas escuras de rosmaninho que tinham aquele cheiro de incenso numa igreja cavernosa. Passaram por um leito de papoulas opiáceas já despetaladas; os receptáculos redondos e maduros estavam secos e amarronzados "como troféus polinésios", pensou Denis; cabeças decapitadas e fincadas em postes. Gostou o suficiente desse devaneio para transmiti-lo ao sr. Scogan:

— Como troféus polinésios... — Enunciado em voz alta, o devaneio lhe pareceu menos encantador e significativo do que quando lhe ocorrera pela primeira vez.

Fez-se um silêncio, e numa onda crescente de som o chiado das colheitadeiras veio num *crescendo* dos campos além do jardim, depois recuou até se tornar um zumbido remoto.

— É satisfatório refletir — disse o sr. Scogan, enquanto caminhavam devagar — que há uma multidão de pessoas labutando nos campos de colheita para que possamos conversar sobre a Polinésia. Assim como todas as outras coisas boas neste mundo, o lazer e a cultura têm um preço. Por sorte, no entanto, não são os que desfrutam do lazer e da cultura que precisam pagá-lo. Sejamos devidamente gratos por isso, meu caro Denis... devidamente gratos — repetiu ele e bateu o cachimbo para tirar as cinzas.

Denis não estava ouvindo. Havia lembrado de Anne, de repente. Ela estava com Gombauld — sozinha com ele em seu estúdio. Era um pensamento intolerável.

— Que tal fazermos uma visita a Gombauld? — sugeriu, incauto. — Seria divertido ver o que ele está fazendo agora.

Denis deu uma risada interior ao pensar no quanto Gombauld ficaria furioso ao vê-los chegando.

Amarelo-cromo 203

204   ALDOUS HUXLEY

Capítulo XXIII

Gombauld não ficou, de modo algum, tão furioso por conta de aparição deles quanto Denis esperara e imaginara que ficaria. Na verdade, ficou mais contente do que irritado quando os dois rostos, um moreno e pontudo, o outro redondo e pálido, apareceram emoldurados no batente da porta aberta. A energia suscitada pela irritação inquieta morria em seu íntimo, retornando aos elementos emocionais. Se mais um momento se passasse, perderia a paciência de novo — e Anne manteria a dela, o que era irritante. Sim, Gombauld estava mais do que feliz em vê-los.

— Podem entrar, podem entrar — convidou-os, hospitaleiro.

No rastro do sr. Scogan, Denis subiu a escadinha e ultrapassou o limiar. Lançou um olhar desconfiado de Gombauld para a sua modelo, e não conseguiu descobrir nada pela expressão em seus rostos exceto que ambos pareciam contentes em ver os visitantes. Será que estavam alegres de verdade ou simulavam essa alegria ardilosamente? Ele se perguntava.

O sr. Scogan, enquanto isso, olhava para o retrato.

— Excelente — disse em tom de aprovação —, excelente. Quase verossímil demais, se é que isso é possível; sim, de fato, verossímil demais. Mas fico surpreso por você estar investindo tudo nessas coisas de psicologia. — Ele apontou para o rosto e, com o dedo estendido, foi acompanhando as curvas despreocupadas da figura representada. — Achei que fosse um daqueles sujeitos que lidam exclusivamente com formas definidas e planos colidentes.

Gombauld deu uma risada:

— Esta é uma pequena infidelidade — disse.

— Lamento — disse o sr. Scogan. — Eu mesmo, que nunca tive o menor apreço pela pintura, sempre encontrei um prazer em particular no cubismo. Gosto de ver pinturas nas quais a natureza foi completamente eliminada, pinturas que são o produto exclusivo da mente humana. Elas me dão o mesmo prazer que derivo de um bom argumento ou de um problema matemático ou de um feito da engenharia. A natureza ou qualquer coisa que me lembre a natureza, atormenta-me; ela é grande demais, complicada demais e, sobretudo, completamente incompreensível e desprovida de propósito. Sinto-me em casa com as obras do homem; se opto por focalizar a minha mente em algo, sou capaz de compreender qualquer coisa que qualquer homem já tenha feito ou pensado. É por isso que sempre viajo de metrô, nunca de ônibus, se puder evitar. Pois, ao se viajar de ônibus, é impossível não ver, até mesmo em Londres, algumas obras esparsas de Deus... o céu, por exemplo, uma ou outra árvore, as flores na jardineira das janelas. Mas, ao viajar de metrô, não se vê nada que não sejam as obras humanas... o ferro rebitado em formas geométricas, linhas retas de concreto, extensões padronizadas de azulejos. Tudo é humano e produto de mentes amigáveis e compreensíveis. Todas as filosofias e todas as religiões — o que são elas senão metrôs espirituais escavados pelo universo! Através desses túneis estreitos, onde tudo é reconhecivelmente humano, viaja-se de modo confortável e seguro, dando um jeito de se esquecer que, ao redor, abaixo e acima, estende-se a massa cega da Terra, infinita e inexplorada. Sim, prefiro o metrô e o cubismo a qualquer hora; prefiro as ideias, tão cômodas, diretas e simples, bem-feitas. E me preserve da natureza, preserve-me de tudo que é inumanamente vasto, complicado e obscuro. Não tenho a coragem e, mais que tudo, não tenho o tempo para começar a vagar nesse labirinto.

Enquanto o sr. Scogan discursava, Denis atravessara para o outro lado da pequena câmara quadrada, onde Anne estava sentada, ainda em sua pose graciosa e indolente, na cadeira baixa.

— E então? — ele quis saber, olhando para ela de um jeito quase feroz. O que queria saber dela? Ele mesmo mal sabia.

Anne olhou para cima, para ele, e respondeu ao seu "E então?" com um eco dessas palavras, mas numa chave risonha.

Denis não tinha mais nada, no momento, para dizer. Duas ou três telas se viam no canto, atrás da cadeira de Anne, com as faces voltadas para a parede. Ele as puxou e começou a olhar as pinturas.

— Posso ver também? — perguntou Anne.

Ele as dispôs numa fileira contra a parede. Anne precisou se virar na cadeira para olhá-las. Havia a grande tela do homem caído do cavalo, havia uma pintura de flores, havia uma pequena paisagem. Com as mãos no encosto da cadeira, Denis se inclinou sobre Anne. Atrás do cavalete, do outro lado da sala, o sr. Scogan não parava de falar. Eles ficaram um bom tempo admirando as pinturas, sem se pronunciarem; ou, melhor dizendo, Anne admirava as pinturas, enquanto Denis, na maior parte do tempo, admirava Anne.

— Gosto do homem com o cavalo; você gosta? — ela disse, enfim, olhando para cima com um sorriso inquisidor.

Denis fez que sim com a cabeça e depois, com uma voz esquisita e sufocada, como se lhe fosse muito laborioso pronunciar essas palavras, disse:

— Eu amo você.

Anne já ouvira aquele tipo de comentário diversas vezes e, no geral, ouvia com equanimidade. Porém, naquela ocasião — talvez por terem surgido de modo tão inesperado, talvez por algum outro motivo — essas palavras provocaram nela uma certa comoção de surpresa.

— Meu pobre Denis — conseguiu dizer, com uma risada; mas se via um rubor em seu rosto enquanto respondia.

Capítulo XXIV

Era meio-dia. Denis, descendo de seus aposentos, onde vinha fazendo um esforço malsucedido para escrever algo sobre nada em particular, encontrou deserta a sala de visitas. Estava prestes a sair para o jardim quando seu olhar recaiu sobre um objeto familiar, porém misterioso — o grande caderno vermelho que tantas vezes ele vira Jenny rabiscar silenciosa e furiosamente. Ela o deixara largado no banco da janela. Era uma grande tentação. Apanhou o caderno e tirou o elástico que o mantinha discretamente fechado.

"Propriedade particular. Não abra", estava escrito em caixa alta na capa. Ele ergueu as sobrancelhas. Era o tipo de coisa que uma criança do primário escreveria na folha de rosto de sua *Gramática Latina*.

> Funestos os corvos,
> Funestas corujas,
> Mais ainda é o ladrão
> Destas garatujas!

Era curiosamente infantil, pensou, sorrindo para si mesmo. Abriu o caderno. O que viu ali o levou a se retrair como se tivesse levado um golpe.

Denis era, dentre seus próprios críticos, o mais severo; assim, pelo menos, sempre acreditara. Gostava de pensar em si mesmo como um vivissector impiedoso, sondando as entranhas palpitantes de sua própria alma; era a cobaia de si próprio. Suas fraquezas, suas absurdidades — ninguém as conhecia melhor do que ele mesmo. De fato, de um modo vago imaginava que ninguém além dele nem sequer tinha ciência delas. Parecia, de certa maneira, inconcebível que ele parecesse aos outros como os outros pareciam a ele, inconcebível que falassem dele entre si com aquele mesmo tom abertamente crítico e, para ser bem honesto, um tanto maldoso com o qual estava acostumado a falar dos outros. Aos seus próprios olhos, possuía defeitos, mas vê-los era um privilégio reservado a ele e a mais ninguém. Para o resto do mundo, ele com certeza era uma imagem de um cristal impecável. Era quase axiomático.

Ao abrir o caderno vermelho, essa imagem de cristal de si mesmo tombou no chão e se estilhaçou irreparavelmente. Ele não era, afinal de contas, o seu crítico mais severo. Foi uma descoberta dolorosa.

Os frutos dos rabiscos discretos de Jenny se viam diante de seus olhos. Uma caricatura dele lendo (o livro estava de ponta-cabeça). No fundo, um casal dançando, reconhecível como Gombauld e Anne. Abaixo, a legenda: "A Raposa e as Uvas". Com horror e fascínio, Denis analisou o desenho. Era uma obra-prima. Um Rouveyre mudo e inglório aparecia em cada uma daquelas linhas cruelmente nítidas. A expressão no rosto, uma presunção de apatia e superioridade temperada por uma inveja debilitante; a atitude do corpo e dos membros, uma atitude de dignidade estudada e erudita, revelada pela pose irrequieta dos pés virados para dentro — que coisas terríveis. E o que era ainda mais terrível era a semelhança, a certeza magistral com a qual suas peculiaridades físicas haviam todas sido registradas e sutilmente exageradas.

Denis examinou mais a fundo o caderno. Havia caricaturas de outras pessoas: de Priscilla e do sr. Barbecue-Smith; de Henry Wimbush, de Anne e Gombauld; do sr. Scogan, representado por Jenny sob uma luz que era mais do que levemente sinistra — que era, de fato, diabólica; de Mary e de Ivor. Mal olhou para elas. Um desejo temeroso de descobrir o que havia de pior em si mesmo o possuiu. Revirou as páginas, sem se demorar em nada que não fosse sua própria imagem. Sete páginas completas lhe haviam sido dedicadas.

"Propriedade particular. Não abra." Ele desobedecera à injunção e recebera apenas o que merecia. Pensativo, fechou o caderno e deslizou o elástico de volta ao seu lugar. Mais triste e mais sábio, foi ao terraço. Então era assim, refletiu, que Jenny passava as horas de lazer em sua torre de marfim, apartada. E a julgara uma criatura acrítica e simplória! Era ele, parecia, que era o tolo. Não sentia nenhum ressentimento por ela. Não, o que o afligia não era Jenny, em si; era o que ela e o fenômeno do seu caderno vermelho representavam e sinalizavam, o que simbolizavam concretamente. Representavam todo o vasto mundo consciente dos homens fora dele; simbolizavam algo que, em sua solidão estudiosa, estava apto a não acreditar. Podia ficar parado na praça Piccadilly Circus, podia observar as multidões passarem e ainda assim imaginar-se como o único indivíduo plenamente cônscio e inteligente entre todos aqueles milhares. Parecia, de algum modo, impossível que os outros fossem, cada um do seu jeito, tão completos e elaborados quanto ele no seu. Impossível; e, no entanto, periodicamente fazia alguma descoberta dolorosa a respeito do mundo externo e da realidade horrenda da consciência e da inteligência deste próprio mundo. O caderno vermelho fora uma dessas descobertas, uma pegada na areia. Não deixava dúvidas do fato de que o mundo externo existia de verdade.

Sentado na balaustrada do terraço, ficou ruminando essa verdade desagradável por um tempo. Ainda remoendo-a, caminhou pensativo até a piscina. Um pavão e sua fêmea arrastavam a elegância decadente de sua plumagem pela relva do gramado lá embaixo. Aves odiosas! Seus pescoços, espessos e avidamente carnudos na base, afunilavam-se na subida até a inanidade cruel de suas cabeças desmioladas, seus olhos chatos e bicos pontudos. Os fabulistas tinham razão, refletiu, quando usavam animais para ilustrar seus tratados sobre a moralidade humana. Os animais lembram os homens com toda a honestidade de uma caricatura. (Ah, o caderno vermelho!) Ele atirou um graveto contra as aves, que andavam devagar. As duas correram até o graveto, achando que era algo de comer.

Seguiu caminhando. A sombra profunda lançada pela azinheira gigantesca o engolia. Como um imenso polvo de madeira, ela abria os longos braços amplamente.

Sob os ramos da azinheira…

Tentou lembrar de quem era o poema, mas não conseguiu.

Um ferreiro, tenaz sobremaneira,
Com uns braços feito elásticos.

Assim como os dele; precisaria tentar fazer seus exercícios Muller com maior regularidade.

Voltou mais uma vez à luz do sol. A piscina estava logo adiante, refletindo, em seu espelho de bronze, o azul e os vários tons de verde do dia de verão. Ao olhar para ela, pensou em Anne, seus braços nus, o maiô liso como uma foca, o movimento de seus joelhos e pés.

E eis a pequena Luce de pernas brancas,
E Barbary a saltar...

Ai, esses nacos e fragmentos de autoria alheia! Será que um dia seria capaz de dizer que seu cérebro lhe pertencia? Será que havia nele, de fato, algo que lhe fosse próprio, ou será que era tudo só estudo?

Deu a volta devagar pela beirada da água. Numa reentrância encaixada entre os teixos circundantes, reclinada contra o pedestal de uma versão divertidamente cômica da Vênus de Médici, executada por algum construtor anônimo do *seicento*, ele avistou Mary, sentada e pensativa.

— Alô! — disse, pois estava passando tão perto dela que precisava dizer alguma coisa.

Mary ergueu os olhos.

— Alô! — respondeu, num tom de voz melancólico e desinteressado.

Naquela alcova, esculpida em meio às árvores escuras, a atmosfera parecia, ao olhar de Denis, agradavelmente elegíaca. Ele se sentou ao lado dela sob a sombra da deusa púbica. Fez-se um silêncio prolongado.

No desjejum daquela manhã, Mary encontrara em seu prato um cartão-postal com a foto de Gobley Great Park. Uma mansão georgiana imponente, com uma fachada da largura de dezesseis janelas; *parterres* no primeiro plano; gramados vastos e suaves que retrocediam para fora da foto à direita e à esquerda. Mais dez anos de tempos difíceis e Gobley, junto de todos os seus pares, estará deserta e decadente. Cinquenta anos e o campo não conhecerá mais seus antigos pontos de referência. Terão desaparecido, assim como outrora desapareceram os mosteiros. No momento, porém, a mente de Mary não se deixava comover por essas considerações.

No verso do cartão-postal, ao lado do endereço, estava escrito, com a caligrafia grande e encorpada de Ivor, um único quarteto:

> Dama do luar, salve! Adeus, noiva solar!
> No claustro dormem onde o coração se enfurna,
> Como a plumagem nova de um anjo a voar,
> A lembrança da aurora, a lembrança noturna.

Havia um P.S. de três linhas na sequência: "Será que você se importaria de pedir para uma das criadas me enviar o pacote de lâminas de barbear que deixei na gaveta do lavatório? Obrigado. Ivor".

Sentada debaixo daquele gesto imemorial de Vênus, Mary tecia considerações sobre a vida e o amor. A abolição de suas repressões, longe de lhe trazer a tão ansiada paz de espírito, trouxera-lhe apenas inquietude, uma forma nova e até então inesperada de sofrimento. Ivor, Ivor... ela não mais conseguia ficar sem ele. Era evidente, por outro lado, a julgar pelo poema no verso do cartão-postal, que Ivor podia muito bem ficar sem ela. Estava em Gobley; Zenobia também estava. Mary conhecia Zenobia. Ficou pensando na estrofe final da canção que ele cantara no jardim aquela noite.

Le lendemain, Phillis peu sage
Aurait donné moutons et chien
Pour un baiser que le volage
A Lisette donnait pour rien.

Mary deixou escorrer umas lágrimas ao se lembrar; jamais fora tão infeliz em toda a sua vida.

Foi Denis quem interrompeu o silêncio.

— O indivíduo — começou a falar, num tom de voz suave e tristemente filosófico —, não é um universo autossustentável. Há momentos em que ele entra em contato com outros indivíduos, quando é obrigado a reconhecer a existência de outros universos além de si mesmo.

Ele idealizara essa generalização altamente abstrata como uma preliminar a uma confidência privada. Era o primeiro lance numa conversa que culminaria nas caricaturas de Jenny.

— É verdade — disse Mary, que, puxando a generalização para si, acrescentou: — Quando um indivíduo entra

Amarelo-cromo 215

em contato íntimo com outro, ela (ou ele, claro, como pode ser o caso) deve quase que inevitavelmente receber ou causar sofrimento.

— É provável — prosseguiu Denis — que o indivíduo fique tão enfeitiçado pelo espetáculo de sua própria personalidade a ponto de esquecer que esse espetáculo se apresenta às outras pessoas também, tanto quanto a si mesmo.

Mary não lhe dava ouvidos.

— A dificuldade — disse ela — se faz presente de modo agudo nas questões do sexo. Se alguém procura contato íntimo com o outro, pelos meios naturais, é certo que há de receber ou causar sofrimento. Se, por outro lado, evita o contato, arrisca o sofrimento igualmente grave que segue no rastro das repressões antinaturais. Como pode ver, é um dilema.

— Quando penso no meu próprio caso — disse Denis, fazendo um movimento mais decidido na direção desejada —, fico impressionado com o quanto sou ignorante acerca da mentalidade dos outros no geral e, mais que tudo e particularmente, acerca de suas opiniões a meu respeito. Nossas mentes são livros fechados que se abrem apenas vez ou outra ao mundo externo. — Ele fez um gesto que era vagamente sugestivo de quem puxa um elástico.

— É um problema medonho — disse Mary, pensativa. — É preciso ter essa experiência pessoalmente para se dar conta do quanto é medonho.

— Exato. — Denis assentiu. — É preciso ter tido a experiência em primeira mão. Ele se inclinou na direção dela e abaixou de leve a voz. — Esta manhã, por exemplo... — começou, mas sua confidência foi interrompida. A voz grave do gongo, temperada pela distância até se tornar um estrondo agradável, desceu flutuando da casa. Era hora do almoço. Com um gesto mecânico, Mary ficou em pé, e Denis, um pouco magoado por ela exibir tamanha ansiedade desesperada pela comida e um interesse tão tênue pelas experiências espirituais dele, seguiu-a. Os dois subiram o caminho de volta à casa sem nada dizer.

Capítulo XXV

— Espero que vocês todos se deem conta — disse Henry Wimbush durante o jantar — de que a próxima segunda-feira é feriado e que se espera de todos os presentes que ajudem na Feira.

— Ai, céus! — clamou Anne. — A Feira... eu havia me esquecido totalmente. Que pesadelo! Não poderia dar um fim nisso, tio Henry?

O sr. Wimbush suspirou e fez que não com a cabeça.

— Infelizmente — disse ele —, receio que eu não possa. Adoraria ter resolvido isso anos atrás; mas são fortes as demandas da Caridade.

— Não é caridade que nós queremos — murmurou Anne, com rebeldia —, mas sim justiça.

— Além do mais — prosseguiu o sr. Wimbush —, a Feira já se tornou uma instituição. Deixem-me ver, deve fazer já vinte e dois anos desde que a começamos. Era um acontecimento modesto naquela época. Agora... — Ele fez um gesto amplo com a mão e se calou.

Era enaltecedor para o espírito público do sr. Wimbush o fato de ele continuar a tolerar a Feira. A Feira anual de Caridade de Crome começara como um tipo de bazar de igreja metido a besta, e foi crescendo até se tornar um evento barulhento, repleto de carrosséis, jogos de derrubar cocos e diversos espetáculos variados — uma feira genuína de grandes proporções. Era a Feira de são Bartolomeu local, e o povo de todas as vilas vizinhas, incluindo até mesmo um contingente da cidade do condado, afluía ao parque para os divertimentos do feriado. O hospital local beneficiava-se muito, e era esse o único fato que evitava que o sr. Wimbush, para quem a Feira era causa de uma agonia recorrente e infindável, pusesse um fim a esse incômodo que profanava todos os anos seu parque e seu jardim.

— Já fiz todos os arranjos — prosseguiu Henry Wimbush. — Algumas das marquises maiores serão montadas amanhã. Os balanços e o carrossel chegarão no domingo.

— Então não tem escapatória — disse Anne, voltando-se para o restante do grupo. — Todos vocês terão que arranjar algo para fazer. Para dar um gostinho especial, a cada um será permitido escolher sua própria escravidão. O meu serviço é na tenda do chá, como sempre, a tia Priscilla...

— Minha cara — disse a sra. Wimbush, interrompendo-a —, tenho coisas mais importantes para pensar do que a Feira. Mas não tenha dúvidas de que farei o melhor que posso, quando chegar a segunda-feira, para deixar o povo da vila animado.

— Que esplêndido — disse Anne. — A tia Priscilla vai animar o povo da vila. E o que você vai fazer, Mary?

— Não farei nada em um lugar que eu tenha que ficar parada observando as outras pessoas comerem.

— Então cuidará dos esportes infantis.

— Tudo bem — concordou Mary. — Cuidarei dos esportes infantis.

— E o sr. Scogan?

O sr. Scogan refletiu.

— Tenho permissão para ler a sorte? — pediu, enfim. — Acho que eu seria bom em ler a sorte.

— Mas não pode ler a sorte com essa roupa!

— Não posso? — O sr. Scogan se examinou.

— Precisará estar todo fantasiado. Ainda quer?

— Estou disposto a sofrer todas as indignidades.

— Que bom! — respondeu Anne, e se voltou para Gombauld. — Você será o nosso artista dos retratos-relâmpago — ela disse. — O seu retrato por um xelim em cinco minutos.

— Que pena que eu não sou Ivor — disse Gombauld, dando risada. — Dava para incluir uma imagem da aura da pessoa por seis pence adicionais.

Mary corou.

— Não se ganha nada — disse, severa — ao se falar com leviandade de assuntos tão sérios. E, apesar disso, não importa quais sejam suas opiniões pessoais, a pesquisa psíquica é um tema perfeitamente sério.

— E quanto a Denis?

Denis fez um gesto depreciativo.

— Não tenho nenhum talento — disse. — Serei só um daqueles homens que usam algo nas botoeiras e saem falando para as pessoas onde se toma chá e para não pisarem na grama.

— Não, não — disse Anne. — Isso não vai servir. Precisa fazer algo melhor do que isso.

— Mas o quê? Todos os cargos bons já estão ocupados, e não sei fazer nada além de emitir uns balbucios metrificados.

— Bem, então, é isso que você vai fazer — concluiu Anne. — Vai escrever um poema para a ocasião... uma "Ode ao Feriado". Vamos imprimir na prensa do tio Henry e vender a dois pence a cópia.

— Seis pence — protestou Denis. — Precisa valer seis pence.

Anne fez que não com a cabeça.

— Dois — repetiu, com firmeza. Ninguém vai pagar mais do que dois.

— E aí temos Jenny — disse o sr. Wimbush. — Jenny — disse ele, subindo o volume da voz —, o que você vai fazer?

Denis pensou em sugerir que ela desenhasse caricaturas por seis pence cada, mas decidiu que seria mais prudente seguir fingindo ignorância quanto ao talento dela. Sua mente voltou ao caderno vermelho. Seria possível que ele de fato se parecesse com aquilo?

— O que vou fazer — ecoou Jenny —, o que vou fazer? — Ela fez uma careta pensativa por um momento; depois seu rosto se iluminou e ela abriu um sorriso. — Quando era criança — disse —, aprendi a tocar caixa.

— Caixa?

Jenny fez que sim com a cabeça e, para provar a sua afirmação, agitou a faca e o garfo como um par de baquetas sobre o prato. — Se tiver alguma oportunidade de tocar caixa... — ela começou a sugerir.

— Mas é claro — disse Anne —, terá toda oportunidade. Vamos definitivamente colocá-la como tocadora de caixa. Pronto, todos alocados — acrescentou.

— E que alocação maravilhosa — disse Gombauld. — Estou ansioso pelo meu feriado. Vai ser bem animado.

— Deveria mesmo — assentiu o sr. Scogan. — Mas você pode ter certeza de que não será. Nenhum feriado jamais é qualquer coisa além de uma decepção.

— Ora, ora — protestou Gombauld. — Esses dias de férias que estou passando em Crome não estão sendo decepção nenhuma.

— Tem certeza? — Anne virou uma máscara inocente na direção dele.

— Com certeza — respondeu.

— Fico em êxtase de ouvir isso.

— É da própria natureza das coisas — prosseguiu o sr. Scogan —, os feriados só podem ser decepções. Reflita por um momento. O que é um feriado? O ideal platônico, o Feriado dos Feriados, com certeza é uma mudança completa e absoluta. Concordam comigo quanto à minha definição?

— O sr. Scogan olhou de relance, de rosto em rosto, em volta da mesa; seu nariz pontiagudo se moveu numa série de solavancos rápidos por todos os pontos da rosa dos ventos. Não houve o menor sinal de dissensão, e ele continuou. — Uma mudança completa e absoluta; muito que bem. Mas, por acaso, uma mudança completa e absoluta não é precisamente o tipo de coisa que jamais poderemos ter, jamais, pela própria natureza das coisas? — O sr. Scogan mais uma vez olhou rapidamente ao seu redor. — Claro que é. Enquanto nós mesmos, enquanto espécimes de *Homo sapiens*, enquanto membros de uma sociedade, como podemos nutrir a esperança de ter qualquer coisa que se pareça com uma mudança absoluta? Estamos presos pelas limitações medonhas de nossas faculdades humanas, pelas noções que a sociedade nos impõe por meio de nossa sugestionabilidade fatal, por nossas próprias personalidades. Para nós, um feriado completo está fora de questão. Alguns de nós sofrem virilmente para conseguir desfrutar de um, mas jamais conseguimos... se me permitem me expressar metaforicamente, jamais conseguimos ir mais longe do que a praia de Southend.

— Você é deprimente — disse Anne.

— É de propósito — retrucou o sr. Scogan, prosseguindo enquanto abria os dedos da mão direita. — Olhem para mim, por exemplo. Que tipo de feriado posso aproveitar? Ao me conceder as paixões e faculdades, a Natureza foi horrivelmente mesquinha. O pleno espectro das potencialidades humanas é, em todo caso, desesperadoramente limitado; o meu alcance é uma limitação dentro de uma limitação. Das dez oitavas que constituem o instrumento humano, consigo abranger umas duas, talvez. Portanto, embora eu possa ser dotado de certa quantidade de inteligência, não possuo qualquer senso estético; embora possua faculdades matemáticas, sou inteiramente desprovido de emoções religiosas; embora seja naturalmente viciado nas atividades venéreas, tenho pouca ambição e não sou nada ganancioso. A educação limitou ainda mais o meu escopo. Tendo sido criado na sociedade, estou impregnado por suas leis; de modo que não apenas devo temer tirar férias delas, como também devo achar doloroso tentá-lo. Para resumir, tenho a consciência e também o temor do aprisionamento. Sim, sei disso por experiência. Quantas vezes já tentei aproveitar os feriados, fugir de mim mesmo, de minha própria natureza maçante, meus ambientes mentais insuportáveis. — O sr. Scogan suspirou. — Mas nunca fui bem-sucedido — acrescentou —, nunca fui bem-sucedido. Em minha juventude, sempre me esforçava... e como me esforçava!... para ter sentimentos estéticos e religiosos. Eu dizia para mim mesmo: aí estão duas emoções de uma importância e excitação tremendas. A vida seria mais rica, mais calorosa, mais radiante, no geral mais divertida, se pudesse senti-las. Tentei. Li as obras dos místicos. Pareceram-me nada a não ser a mais deplorável das conversas fiadas... como de fato devem parecer, sempre, aos olhos de qualquer um que não sinta a mesma emoção que os autores sentiram enquanto escreviam. Pois é a emoção que importa. A obra escrita é uma simples tentativa de expressar emoção, a qual é, por si só, inexprimível, em termos de intelecto e lógica. O místico objetifica um sentimento forte na boca do estômago até torná-lo uma cosmologia. Para outros místicos, aquela cosmologia é um símbolo desse sentimento forte. Para os irreligiosos, trata-se de um símbolo para coisa alguma, de modo que parece meramente grotesco. Que fato melancólico! Mas estou divagando. — O sr. Scogan se conteve. — Isso dá conta da emoção religiosa. Quanto à estética... foi ainda mais doloroso para mim cultivá-la. Examinei todas as devidas obras de arte de todas as partes da Europa. Houve uma época em que, ouso acreditar, eu sabia mais a respeito de Taddeo da Poggibonsi e sobre o enigmático Amico di Taddeo do que até mesmo Henry sabe. Hoje, fico feliz em dizer que me esqueci da maior parte desse conhecimento adquirido então a duras penas;

mas é sem vaidade que posso afirmar que foi uma coisa prodigiosa. É claro que não finjo saber tudo sobre a escultura dos crioulos* ou sobre o final do século XVII na Itália; mas sou, ou fui, onisciente a respeito de todos os períodos que estiveram em voga antes de 1900. Sim, repito, onisciente. Mas esse fato me fez apreciar mais a arte, de modo geral? Não fez. Confrontado com uma pintura, da qual poderia lhe dizer toda a história conhecida e presumida (a data em que foi pintada, o caráter do pintor, as influências que a tornaram o que ela era), nunca sentia nada daqueles estranhos entusiasmo e exaltação que compõem, como me informam os que a sentem, a verdadeira emoção estética. Nunca sentia nada a não ser um certo interesse pelo tema da pintura; ou, como é mais frequente, quando o tema era religioso ou banal, o que eu sentia era apenas um grande cansaço do espírito. Em todo caso, devo ter passado uns dez anos olhando pinturas até admitir para mim mesmo, com honestidade, que elas só me davam tédio. Desde então, desisti de todas as tentativas de aproveitar um feriado. Sigo cultivando o meu velho eu cotidiano embotado, dotado daquele ânimo resignado com o qual o bancário atua das dez às seis na sua empreitada diária. Um feriado, de fato! Lamento por você, Gombauld, se ainda se empolga com um feriado.

Gombauld deu de ombros.

— Talvez — considerou —, meus padrões não sejam tão elevados quanto os seus. Mas, pessoalmente, considerei a guerra o feriado mais completo de todas as sanidades e

---

* Termo racista usado pelo personagem para se referir a obras de arte e artesanato oriundas da África e da América Latina. (N.E.)

decências ordinárias, todas as emoções e preocupações comuns, um feriado que jamais desejo ter.

— Sim — concordou pensativo o sr. Scogan. — Sim, a guerra foi com certeza algo como um feriado. Foi um passo além de Southend; foi Weston-super-Mare; foi quase Ilfracombe.*

---

* As três são cidades litorâneas inglesas, ordenadas aqui pela distância de Londres: Southend-on-Sea fica a 55 km, Weston-super--Mare a 200 km e Ilfracombe a 280 km, em linha reta. (N. E.)

Capítulo XXVI

Uma pequena vila de tendas e cabanas de lona brotara pouco além dos limites do jardim, sobre o vasto verde do parque. Uma multidão se aglomerava em suas ruas, quase todos os homens vestidos de preto — com sua melhor roupa de feriado, a melhor roupa de velório — e as mulheres em musselinas pálidas. Aqui e ali, pendiam inertes os varais de bandeirolas tricolores. No meio da cidade de lona, escarlate, dourado e cristal, o carrossel cintilava sob o sol. O homem dos balões caminhava em meio à multidão e, acima de sua cabeça, como um cacho invertido de uvas multicoloridas, os balões figuravam na ponta dos fios estirados. Com um movimento de foice, os barcos-piratas ceifavam o ar, e do escape do motor que fazia rodar o carrossel subia uma coluna fina de fumaça preta que mal e mal oscilava no vento.

Denis havia subido até o topo de uma das torres de sir Ferdinando e lá, de pé sobre as placas de chumbo assadas pelo sol, com os cotovelos apoiados no parapeito, vasculhava a cena. O órgão a vapor fazia subir uma música prodigiosa. O choque dos címbalos automáticos martelava com precisão inexorável o ritmo das melodias penetrantes.

As harmonias eram como um estilhaçar musical de vidros e bronze. Na altura mais grave, a Última Trombeta soava estrondosa e com tamanha persistência, tamanha ressonância, que sua alternância tônica e dominante destacava-se do restante da música e criava uma melodia própria, uma gangorra barulhenta e monótona.

Denis estava apoiado sobre o abismo de ruídos rodopiantes. Se ele se atirasse do parapeito, com certeza o ruído o sustentaria, mantendo-o suspenso, boiando, do modo como um chafariz equilibra uma bola no rebentar de sua crista. Outro devaneio lhe veio, desta vez de forma metrificada.

> Minh'alma é uma mortalha branca e fina
> De pergaminho sobre o borbulhar
> De um caldeirão.

Péssimo, péssimo. Mas ele gostava da ideia de alguma coisa fina e distendida sendo inflada por baixo.

> Minh'alma é uma tenda fina de tripa...

ou melhor:

> Minh'alma é uma membrana tênue, pálida...

Esse verso era agradável: uma membrana tênue, pálida. Havia aí a qualidade anatômica correta. Insuflada até retesar-se, tremulando contra a rajada da vida ruidosa. Era hora de ele descer do empíreo sereno das palavras rumo ao verdadeiro vórtice. Descia devagar. "Minh'alma é uma membrana tênue, pálida…"

No terraço figurava um grupo de visitantes ilustres. Ali estava o velho lorde Moleyn, que parecia a caricatura de um milorde britânico nas charges de um jornal francês: um homem comprido, com um nariz longo e bigodes longos e caídos, longos dentes de marfim antigo e, mais abaixo, absurdamente, um sobretudo marrom curto e, abaixo dele, longas, longas pernas cobertas por calças de um cinza perolado — pernas que se dobravam de modo instável no joelho e conferiam ao seu andar um certo bamboleio para os lados. Ao lado dele, baixinho e atarracado, estava o sr. Callamay, o venerável político de viés conservador, com aquele rosto de busto romano e cabelo branco e curtinho. As moçoilas não gostavam muito de passear de carro sozinhas com o sr. Callamay; e quanto ao velho lorde Moleyn, as pessoas se perguntavam por que ele não vivia num exílio dourado na ilha de Capri, em meio a outros distintos cavalheiros que, por um motivo ou outro, achavam impossível morar na Inglaterra. Os dois conversavam com Anne e davam risadas — cavernosas no caso do primeiro e escrachadas no caso do outro.

Um balão de seda preta puxando um paraquedas de listras pretas e brancas acabou revelando-se a velha sra. Budge, do casarão do outro lado do vale. Ela ficava mais colada ao chão, e as pontas de sua sombrinha preta e branca ameaçavam os olhos de Priscilla Wimbush, que assomava sobre ela com sua figura imensa, trajada de púrpura e coroada com um chapéu régio de copa arredondada e sem abas, no qual as plumas pretas balançantes remetiam aos esplendores de um funeral parisiense de primeira classe.

Denis espiava as duas, discretamente, da janela da sala de estar. Seus olhos haviam de súbito se tornado inocentes, infantis, desprovidos de preconceitos. Pareciam-lhe inconcebivelmente fantásticas, aquelas pessoas. E, no entanto, existiam de verdade, agiam por conta própria, eram seres cônscios, possuíam mentes. Além do mais, ele era como elas. Dava para acreditar naquilo? Mas as provas do caderno vermelho eram conclusivas.

Teria sido educado ir lá dizer: "Como estão?". Mas, naquele momento, Denis não queria conversar, teria sido impossível. Sua alma era uma membrana tênue, trêmula e pálida. Gostaria de manter essa sensibilidade intacta e virgem por quanto tempo fosse possível. Furtivo, foi cautelosamente até uma porta lateral e seguiu na direção do parque. Sua alma esvoaçou ao se aproximar do ruído e da movimentação da feira. Ele parou por um momento na beirada, depois deu um passo à frente e foi engolido.

Centenas de pessoas, cada uma com seu rosto em particular — e todas elas reais, distintas, vivas: o pensamento o inquietava. Pagou dois pence para ver a Mulher Tatuada; mais dois pelo Maior Rato do Mundo. Da casa do Rato, saiu bem a tempo de ver um balão cheio de hidrogênio se soltar e seguir seu caminho. Uma criança ululou atrás dele; mas aquela esfera perfeita de um tom de opala avermelhada foi calmamente subindo e subindo. Denis a acompanhou com os olhos até ela se perder na luz do sol ofuscante. Ah, se apenas pudesse mandar sua alma atrás dela...

Suspirou, meteu sua roseta de monitor na botoeira e começou a abrir caminho, a esmo mas oficialmente, pela multidão.

Capítulo XXVII

O sr. Scogan fora acomodado numa pequena cabana de lona. Trajando uma camisa preta e um corpete vermelho, com uma bandana vermelha e amarela amarrada ao redor da peruca preta, ele parecia — com seu nariz pontudo, marrom e enrugado — a bruxa cigana do quadro The *Derby day* de Frith. Uma placa pregada à cortina da entrada anunciava a presença no interior da tenda de "Sesóstris, a Feiticeira de Ecbátana". Sentado à mesa, o sr. Scogan recebia os clientes com um silêncio misterioso, indicando com um movimento do dedo que deviam se sentar de frente para ele e estender as mãos para a inspeção. Ele então examinava a palma que se apresentava, usando uma lupa e seus óculos com aros de chifre. Balançava a cabeça de um modo aterrador, franzindo a testa e estalando a língua enquanto olhava as linhas. Às vezes sussurrava, como se para si mesmo: "Terrível, terrível" ou "Deus nos preserve!", esboçando o sinal da cruz ao pronunciar essas palavras. Os clientes que entravam aos risos de repente ficavam circunspectos; começavam a levar a bruxa a sério. Era uma mulher de aspecto formidável; será que era possível que houvesse algo de verdade ali, afinal de contas? Afinal, pensavam, enquanto a bruxa balançava a cabeça sobre suas mãos, afinal de contas... E esperavam, com o coração batendo desconfortável, o oráculo se pronunciar. Após uma longa e silenciosa inspeção, o sr. Scogan olhava para cima de repente e perguntava, num sussurro rouco, alguma pergunta horripilante como: "Você já foi atingido na cabeça por um martelo na mão de um jovem ruivo?". Quando a resposta era negativa, como não poderia deixar de ser, o sr. Scogan assentia várias vezes, dizendo: "Era o que eu temia. Tudo ainda está por vir, ainda está por vir, mas não deve demorar muito mais a essa altura". Às vezes, após uma longa inspeção, apenas sussurrava: "Onde a ignorância é uma bênção, é tolice ser sábio", e se recusava a revelar quaisquer detalhes de um futuro medonho demais para ser contemplado sem desespero. Sesóstris fez sucesso com o terror. As pessoas faziam fila do lado de fora da cabana da bruxa à espera do privilégio de ouvi-la decretar-lhes sua sentença.

Denis, enquanto fazia a ronda, olhava com curiosidade a multidão de suplicantes em frente ao santuário do oráculo. Tinha um grande desejo de ver como o sr. Scogan interpretava seu papel. A barraca de lona era uma estrutura vacilante e malfeita. Entre as paredes e o teto frouxo havia longas fendas e fissuras escancaradas. Denis foi até a tenda do chá e emprestou um banquinho de madeira e uma pequena bandeira do Reino Unido. Munido desses objetos, apressou-se de volta à barraca de Sesóstris. Assentando o banquinho nos fundos da barraca, subiu e, com um grande ar de quem está ocupado sendo eficiente, começou a amarrar a bandeira ao topo de um dos mastros da tenda. Por meio das fendas na lona, dava para ver quase todo o seu interior. A cabeça do sr. Scogan, coberta pela bandana, estava logo abaixo; seus sussurros aterrorizantes eram ouvidos com clareza. Denis ficou olhando e escutando enquanto a bruxa profetizava perdas financeiras, mortes apopléticas e destruições e via ataques aéreos na guerra vindoura.

— Vai ter mais uma guerra? — perguntou a senhora para quem ele previra esse fim.

— Muito em breve — disse o sr. Scogan, com um ar tácito de confiança.

À senhora sucedeu-se uma moça vestida de musselina branca e enfeitada de fitinhas cor-de-rosa. Tinha um chapéu de aba larga, de modo que Denis não conseguia ver o rosto; mas pela silhueta e pelos braços nus e roliços, julgou que fosse jovem e bonita. O sr. Scogan olhou para a mão dela, depois sussurrou:

— A senhorita ainda é virtuosa.

A moça deu risadinhas e exclamou:

— Ai, minha nossa!

— Mas não continuará assim por muito tempo — acrescentou o sr. Scogan, com um tom sepulcral. A jovem deu mais risadinhas. — O Destino, que se interessa pelas coisas pequenas tanto quanto pelas grandiosas, anunciou este fato em sua mão. — O sr. Scogan apanhou a lupa e começou a examinar a palma branca mais uma vez. — Muito interessante — ele disse, como se estivesse falando sozinho —, muito interessante. Está claro como o dia. — Ele se calou.

— O que está claro? — perguntou a garota.

— Não acho que eu deva contar — o sr. Scogan fez que não com a cabeça; e os brincos pendentes de bronze que atarraxara nas orelhas tilintaram.

— Por favor, por favor! — implorou a jovem.

A bruxa pareceu ignorar o pedido.

— Afinal, não está claro, de modo algum. Os fados não dizem se você vai se acomodar com uma vida de casada com quatro filhos ou se vai tentar partir para o cinema sem ter nenhum. Eles são específicos apenas a respeito de um único incidente um tanto crucial.

— Qual é? Qual é? Ai, por favor, me diga!

A figura de musselina branca se inclinou com avidez para a frente.

O sr. Scogan deu um suspiro:

— Muito bem — disse —, se a senhorita precisa saber, então precisa saber. Mas, caso aconteça alguma coisa de desfavorável, a culpa é da sua própria curiosidade. Escute. Escute. — Ele ergueu um dedo indicador afiado, com uma unha de garra. — Eis o que as sinas decretaram. No próximo domingo, às seis da tarde, a senhorita estará sentada na segunda cerquinha da trilha que leva da igreja à estrada de baixo. Neste momento, aparecerá um homem caminhando pela trilha. — O sr. Scogan olhou para a mão dela de novo, como se estivesse refrescando sua memória em relação aos detalhes da cena. — Um homem — ele repetiu —, um homenzinho com um nariz pontiagudo, não exatamente bonito, nem muito jovem, porém fascinante. — Demorou-se, sibilante, nessa última palavra. — Ele vai lhe perguntar: "Pode me mostrar o caminho até o Paraíso?" e a senhorita responderá: "Sim, deixe que eu mostro" e vai caminhar com ele até o bosquete de aveleiras. Não consigo ler o que acontece depois disso.

Fez-se um silêncio.

— Isso é verdade mesmo? — perguntou a musselina branca.

A bruxa apenas deu de ombros:

— Eu só digo o que leio em sua mão. Tenha uma boa tarde. O custo é seis pence. Sim, tenho trocado. Obrigada. Tenha uma boa tarde.

Denis desceu da banqueta; amarrada de um jeito todo torto no mastro, sem qualquer firmeza, a bandeira do Reino Unido pendia flácida no ar sem vento.

— Se eu fosse capaz de fazer coisas assim! —pensou, enquanto levava a banqueta de volta à tenda do chá.

Anne estava sentada atrás de uma mesa longa, enchendo copos brancos e robustos com o conteúdo de uma jarra. Uma pilha arrumadinha de folhetos impressos se via diante dela, sobre a mesa. Denis apanhou um e o admirou com afeto. Era o seu poema. Haviam imprimido quinhentas cópias, e os folhetos em formato A4 tinham ficado muito bonitinhos.

— Já vendeu bastante? — perguntou num tom de voz casual.

Anne jogou a cabeça de lado, depreciativa.

— Receio que apenas três até agora. Mas estou dando uma cópia de cortesia para cada pessoa que gasta mais de um xelim com o chá. Então, de qualquer modo, está circulando.

Denis nem respondeu, só se afastou devagar. Olhou a página em sua mão e leu para si mesmo os seus versos, saboreando-os enquanto caminhava:

Dia de balanços, carrosséis,
Marretas, cocos, jogos de anéis,
Montanha-russa e boca da velha,
Todo esse tipo de bagatela —
É um feriado? Narizes postiços

Podem cheirar buquês quebradiços
De faces venezianas a cada
Carnaval; máscaras dão risada
Do que há de ser causa de rubor
Ao rosto nu — riem sem pudor.
Feriado? Mas Galba já mostrara
Elefantes no ar, a cena rara;
Jumbo à corda bamba caminhava,
No circo um bando de homens se armava
Trocando estocadas por esporte,
A fim de aliviar, com sua morte,
Do cárcere diário o ditame
No qual se labuta sem reclame.
Cantai o Feriado! Não sabeis
Ser livres. Sobre a neve russa, eis
Rosas de sangue fresco florindo,
E as pétalas sumindo, sumindo,
Nessa neve dos campos desertos,
Nessa neve virginal; libertos
São os homens dos grilhões antigos
Velhos costumes, leis e castigos.
Ali morre o velho certo e errado;
Seu alento esvai-se no ar gelado,
Uma fumaça que se dissolve;
E a neve ao seu redor os envolve,
Florida de rosas. Gaia flor,
Rubra de sangue e puro candor.
Cantai o Feriado! Pois dançamos,
Sob a mágica sombra dos ramos
Das Inocências e Liberdade,
Com a força, folia, ebriedade,
Do Nariz Postiço, do Cocar,
P'ra rir e a canção ferial cantar:
'Livres, livres…!'

Mas Eco replica
Com voz tênue a essa dança lúdica,
'Livres' — tênue riso e mais ainda
O que em vales dos montes se finda,
Sussurros — 'Livres' —, mais tênues risos
Cada vez mais vagos e divisos:
'Livres', e a risada então se esvai...
Pois cantai o Feriado! Cantai!"

Dobrou a página com cuidado e o guardou no bolso. Tinha lá seus méritos. Ah, com certeza, com certeza! Mas como era desagradável o cheiro da multidão! Acendeu um cigarro. Era melhor o cheiro das vacas. Passou pelo portão no muro do parque e entrou no jardim. A piscina era o epicentro da barulheira e atividade.

— Segunda Rodada do Campeonato de Moças. Era a voz educada de Henry Wimbush. Uma multidão de figuras lustrosas como focas, de maiôs pretos, cercava-o. Seu chapéu-coco cinzento, liso e redondo, imóvel no meio de um mar revolto, era uma ilha de tranquilidade aristocrática.

Segurando seu pincenê de aro de casco de tartaruga uns três ou cinco centímetros à frente dos olhos, lia os nomes de uma lista em voz alta:

— Senhorita Dolly Miles, senhorita Rebecca Balister, senhorita Doris Gabell...

Cinco jovens se espalharam na beirada. A partir de seus lugares de honra na outra ponta da piscina, o velho lorde Moleyn e o sr. Callamay admiravam a cena com um interesse ávido.

Henry Wimbush ergueu a mão. Fez-se um silêncio repleto de expectativa:

— Quando eu falar "Agora", vocês pulam. Agora! — ordenou. Ouviu-se um tchibum quase simultâneo.

Denis foi abrindo caminho pelos espectadores. Alguém o puxou pela manga; ele olhou para baixo. Era a velha sra. Budge.

— Que prazer em revê-lo, sr. Stone — disse ela com sua voz rouca e texturizada. Arfava um pouco ao falar, como um cachorrinho resfolegante. Foi a sra. Budge quem, após ler no *Daily Mirror* que o governo precisava de caroços de pêssego (o motivo, ela jamais descobriu), fizera da tarefa de coletá-los a sua "parte" peculiar da colaboração com os esforços de guerra. Possuía trinta e seis pessegueiros em seu jardim murado, além de quatro estufas nas quais era possível enfiar mais umas árvores, de modo que podia comer pêssegos praticamente ao longo do ano inteiro. Em 1916, ela comeu quatro mil e duzentos pêssegos e mandou os caroços para o governo. Em 1917, as autoridades militares convocaram três dos seus jardineiros e, com isso e o fato de que foi um ano ruim para as árvores frutíferas em espaldeira, só conseguiu comer dois mil e novecentos pêssegos durante aquele período crucial do destino nacional. Em 1918, ela se saiu um tanto melhor, pois comeu três mil e trezentos pêssegos entre o primeiro de janeiro e a data do armistício. Desde o armistício, ela relaxara seus esforços; agora não comia mais do que dois ou três pêssegos por dia. Reclamava que sua saúde sentira o baque; porém o baque fora por um bom motivo.

Denis respondeu a saudação dela com um barulho vago e educado.

— Tão bom ver os jovens se divertindo — prosseguiu a sra. Budge. — E os velhos também, aliás. Olhe só o velho lorde Moleyn e o querido sr. Callamay. Não é uma delícia ver como eles se divertem?

Denis olhou. Não tinha tanta certeza se era uma delícia ou não. Por que não haviam ido assistir às corridas de saco? Os dois velhos cavalheiros estavam engajados, no momento, em parabenizar a vencedora da prova; parecia um ato de graciosidade supererrogatória; pois, afinal, ela ganhara apenas uma rodada.

— Bonitinha, não é? — disse a sra. Budge com a voz rouca, arfando duas ou três vezes.

— Sim. — Denis concordou com a cabeça. Dezesseis anos, esguia, porém núbil, disse para si mesmo, e guardou a frase como um exemplar feliz na memória. O velho sr. Callamay havia colocado os óculos para parabenizar a vencedora, e o lorde Moleyn, inclinando-se para a frente sobre a bengala, exibia seus longos dentes de marfim, num sorriso faminto.

— Capital, um desempenho capital — dizia o sr. Callamay com sua voz grave.

A vencedora se contorcia de vergonha. Estava de pé com as mãos atrás das costas, esfregando um pé nervosamente no outro. Seu maiô molhado reluzia, um torso de mármore preto e polido.

— Muito bom, de fato — disse lorde Moleyn. Sua voz parecia vir logo de trás de seus dentes, uma voz dentada. Era como se um cachorro começasse a falar de repente. Ele sorriu mais uma vez, e o sr. Callamay reajustou os óculos.

— Quando eu falar "Agora", vocês pulam.. Agora!

Tchibum! Começara a terceira rodada.

— Sabe que eu nunca consegui aprender a nadar? — disse a sra. Budge.

— É mesmo?

— Mas eu conseguia boiar.

Denis a imaginou boiando — para cima e para baixo, para cima e para baixo, sobre uma grande ondulação verde. Uma bexiga preta estufada; não, isso não prestava, não prestava mesmo. Uma nova vencedora estava sendo parabenizada. Era gorda e entroncada de um jeito atroz. A anterior — longa, harmoniosa e continuamente curvilínea do joelho ao seio — fora uma Eva de Cranach; mas esta, esta era uma Rubens ruim.

— … agora-agora-agora! — a voz polida e equânime de Henry Wimbush mais uma vez pronunciava a fórmula. Outra leva de jovens mergulhou.

Um pouco cansado de manter uma conversa com a sra. Budge, Denis convenientemente se lembrou de que seus deveres enquanto monitor exigiam a sua presença alhures. Abriu caminho em meio às fileiras de espectadores e seguiu pela trilha que se abria atrás deles. De novo estava pensando que sua alma era uma membrana tênue e pálida quando se espantou ao ouvir uma voz fina e sibilante, que parecia vir de um ponto logo acima de sua cabeça, pronunciar uma única palavra:

— Asqueroso!

Ele olhou para cima, bruscamente. O caminho pelo qual seguia passava debaixo do abrigo de uma muralha de teixos bem podados. Atrás da sebe, havia uma subida íngreme do solo na direção do sopé do terraço e da casa; para alguém que estivesse na parte mais elevada, era fácil olhar por cima da barreira obscura. Ao erguer os olhos, Denis viu duas cabeças despontando sobre a sebe imediatamente acima dele. Reconheceu a máscara de ferro do sr. Bodiham e o rosto pálido e descorado de sua esposa. Olhavam por sobre a cabeça dele, por sobre as cabeças dos espectadores, para as nadadoras na lagoa.

— Asqueroso! — repetiu a sra. Bodiham, com uma sibilação suave.

O pároco ergueu sua máscara de ferro na direção do cobalto maciço dos céus.

— Quanto tempo? — disse, como se falasse consigo —, quanto tempo?

Baixou os olhos novamente, e eles recaíram sobre o rosto curioso de Denis, virado para cima. Houve um movimento abrupto, e o sr. e sra. Bodiham sumiram de vista, por detrás da sebe.

Denis continuou sua caminhada. Passou pelo carrossel, atravessou as ruas apinhadas da vila de lonas; a membrana de sua alma esvoaçava tumultuosamente em meio à baderna e às risadas. Num espaço delimitado por uma corda mais além, Mary conduzia os esportes infantis. Criaturinhas fervilhavam ao seu redor, fazendo um clamor miúdo e estridente; outras se amontoavam ao redor das saias e calças dos pais. O rosto de Mary reluzia no calor; com um dispêndio imenso de energia, deu partida a uma corrida de três pernas. Denis a olhava, admirado.

— Você é maravilhosa — disse, chegando por trás dela e tocando o seu braço. — Nunca senti tamanha energia.

Ela voltou para ele um rosto tão vermelho, redondo e honesto quanto o sol poente; o sino dourado de seus cabelos oscilou em silêncio quando virou a cabeça e tremulou até parar.

— Sabe, Denis — disse ela, com uma voz grave e séria, pegando um pouco de ar enquanto se pronunciava —, sabe que tem uma mulher aqui que teve três filhos num espaço de trinta e um meses?

— É mesmo? — disse Denis, fazendo rápidos cálculos mentais.

— É assustador. Andei falando para ela sobre a Liga Malthusiana. Devia-se mesmo era...

Mas uma retomada súbita e violenta da gritaria metálica anunciou o fato de que havia um ganhador da corrida. Mary se tornou mais uma vez o centro de um vórtice perigoso. Era hora, pensou Denis, de seguir em frente; talvez lhe pedissem para fazer alguma coisa qualquer, caso se demorasse demais.

Ele voltou para a vila de lona. O chá tinha se tornado um pensamento insistente em sua cabeça. Chá, chá, chá. Mas a tenda do chá estava apinhadíssima. Anne, com uma expressão incomum de desalento no rosto corado, movimentava furiosamente a alça da jarra; e o líquido marrom saía num jorro incessante sobre os copos ofertados. Portentosa, no outro canto da barraca, Priscilla, com seu chapeuzinho régio, animava o povo da vila. Num acalento momentâneo, Denis ouviu seu riso grave e alegre, sua voz masculina. Claramente, ele disse para si mesmo, ali não era lugar para alguém que queria chá. Ficou parado, irresoluto, na entrada da tenda. Um belo pensamento de repente lhe veio: se voltasse para a casa, se saísse às escondidas, sem que o observassem, se fosse na pontinha dos pés até a sala de jantar e, sem fazer barulho, abrisse as portinholas do aparador — ah, sim! Dentro daquele nicho gelado, encontraria garrafas e um sifão; uma garrafa de gim cristalino e um litro de água com gás, e então os cálices que inebriam bem como animam…

Um minuto depois, ele estava caminhando, impetuoso, pela trilha à sombra dos teixos. Dentro da casa estava deliciosamente silencioso e fresco. Portando com cuidado um copo bem cheio, foi até a biblioteca. Lá, com o copo sobre o canto da mesa ao seu lado, acomodou-se numa cadeira com um volume de Sainte-Beuve. Não havia nada, para ele, como os ensaios do *Causeries du lundi* para acalmar e sossegar espíritos atormentados. A sua membrana tênue havia sido muito grosseiramente esbofeteada pelas emoções daquela tarde; precisava de um descanso.

Capítulo XXVIII

Perto do pôr do sol, a feira em si se calou. Era a hora de começar o baile. De um lado da vila de tendas, havia sido delimitado um espaço com cordas. Lampiões de acetileno, pendurados em traves no seu entorno, lançavam uma luz branca penetrante. Num dos cantos ficava a banda e, obedientes aos sons que arrancavam arranhando e soprando os instrumentos, duzentos ou trezentos dançarinos pisoteavam o chão seco, desgastando o gramado com seus pés calçados. Em volta desta área cheia da luz do dia, tão viva de barulho e movimento, a noite parecia de uma obscuridade sobrenatural. Feixes de luz avançavam sobre ela, e de vez em quando uma figura solitária ou um par de amantes, enlaçados, atravessavam as réstias reluzentes, despontando por um momento na existência visível, para em seguida desaparecerem com a mesma rapidez surpreendente com que haviam surgido.

Denis estava de pé perto da entrada da área encordoada, observando a multidão que balançava e arrastava os pés. O vórtice lento fazia os casais passarem à sua frente de novo e de novo enquanto rodavam, como se os estivesse avaliando. Ali estava Priscilla, que ainda ostentava o chapeuzinho régio e ainda animava o povo da vila, dançando naquele momento com um dos agricultores arrendatários. Ali estava o lorde Moleyn, que continuara na feira para a refeição desorganizada e pascal que fazia as vezes de jantar naquele dia festivo; ele dançava *com passos bambos,* os joelhos encurvados mais frouxos e precários do que nunca, ao lado de uma das beldades da vila, aterrorizada. O sr. Scogan trotava e girava com outra delas. Mary estava nos braços de um jovem agricultor de proporções heroicas; ela olhava para cima enquanto conversava com ele com muita seriedade, pelo que Denis podia ver. Sobre o quê?, perguntava-se. A Liga Malthusiana, talvez. Sentada no canto junto com a banda, Jenny tocava maravilhas de virtuosismo na caixa. Seus olhos brilhavam, ela sorria para si mesma. Toda uma vida subterrânea parecia estar se expressando naqueles ratatás altissonantes, naquelas rufadas e floreios da caixa. Ao olhar para ela, Denis lembrou com pesar do caderno vermelho; perguntava-se que tipo de desenho ele renderia naquele momento. Mas a visão de Anne e Gombauld passando à sua frente — Anne com os olhos quase fechados e dormindo, podia-se dizer, nas asas sustentadoras do movimento e da música — dissipou essas preocupações. "Macho e fêmea os criou…" Lá estavam os dois, Anne e Gombauld e mais uma centena de casais — todos juntos com seus passos harmoniosos ao som da velha toada de "Macho e Fêmea os criou". Mas Denis sentava-se à parte; apenas ele carecia de seu oposto complementar. Estavam todos em casais, menos ele; todos menos ele…

Alguém o tocou no ombro e ele olhou para cima. Era Henry Wimbush.

— Nunca lhe mostrei nossos canos de escoamento de carvalho — disse. — Alguns dos que escavamos estão depositados bem perto daqui. Gostaria de ir vê-los?

Denis se levantou e os dois saíram andando escuridão adentro. A música foi ficando mais baixinha às suas costas. Algumas das notas mais agudas já desapareciam de vez. Os batuques de Jenny e a serra constante do baixo seguiam latejando, sem melodia nem sentido, em seus ouvidos. Henry Wimbush parou.

— Cá estamos nós — disse ele, e, sacando uma lanterna elétrica do bolso, lançou um feixe débil de luz sobre duas ou três seções escurecidas de um tronco de árvore, escavadas até parecerem canos, deitadas de um jeito desamparado numa pequena depressão no solo.

— Muito interessante — disse Denis, com um entusiasmo um tanto morno.

Os dois se sentaram no gramado. Um vago clarão branco, que se erguia por trás de um cinturão de árvores, indicava a posição da pista de dança. A música não era nada mais que um pulso rítmico abafado.

— Ficarei feliz — disse Henry Wimbush — quando esta função enfim terminar.

— Posso acreditar.

— Não sei como se dá isso — continuou o sr. Wimbush —, mas o espetáculo de vários de meus semelhantes num estado de agitação me causa um certo cansaço, em vez de qualquer alegria ou empolgação. O fato é que não me interessam muito. Não estão alinhados comigo. Está me acompanhando? Eu jamais consegui ter muito interesse, por exemplo, numa coleção de selos. Pinturas primitivas ou livros do século XVII… sim. Com isso eu me alinho. Mas selos, não. Não sei nada a respeito deles; não são para mim. Não me interessam, não me causam qualquer emoção. Receio que, com as pessoas, seja a mesma coisa. Sinto-me mais em casa com estes canos. — Ele gesticulou com a cabeça, de lado, na direção dos troncos ocos. — O problema com as pessoas e os eventos do presente é que nunca se sabe nada a seu respeito. O que sei de política contemporânea? Nada. O que sei das pessoas que vejo ao meu redor? Nada. O que elas pensam de mim ou de qualquer outra coisa no mundo, o que farão daqui a cinco minutos, são coisas que nem consigo imaginar. Até onde sei, você pode repentinamente se erguer num pulo e tentar me matar num átimo.

— Deixe disso — disse Denis.

— É verdade — continuou o sr. Wimbush —, o pouco que sei do seu passado, com certeza, tranquiliza-me. Mas não sei nada do seu presente e nem você, nem eu, sabemos qualquer coisa de seu futuro. É espantoso; com os vivos, lida-se com quantidades desconhecidas e incognoscíveis. Só se pode nutrir a esperança de descobrir alguma coisa a respeito da pessoa através de uma longa série de contatos humanos os mais desagradáveis e tediosos, que envolvem um terrível dispêndio de tempo. É o mesmo com os eventos atuais; como posso descobrir qualquer coisa a respeito deles sem ser dedicando anos ao mais exaustivo estudo em primeira mão, e que envolveria, mais uma vez, um número infindável de contatos os mais desagradáveis? Não, prefiro o passado. Ele não muda; está tudo lá, preto no branco, e é possível saber a respeito dele com conforto, com decoro e, mais que tudo, em privado — por via da leitura. Por via da leitura, sei uma enormidade a respeito de César Bórgia, de são Francisco de Assis, do dr. Johnson; algumas semanas serviram para me familiarizar completamente com esses personagens interessantes, e fui poupado do processo tedioso e revoltante de precisar conhecê-los pela via do contato pessoal, como teria sido o caso se hoje estivessem vivos. Como seria feliz e deleitosa a vida caso fosse possível livrar-se de todos os contatos humanos! Talvez, no futuro, quando as máquinas tiverem alcançado um estado de perfeição (pois confesso que sou, como Godwin e Shelley, um entusiasta da perfeitabilidade, da perfeitabilidade das máquinas), então talvez seja possível para aqueles que, como eu, desejam isso, viver num isolamento digno, cercado pelas atenções delicadas de máquinas silentes e graciosas e inteiramente a salvo de qualquer intrusão humana. É um pensamento lindo.

— Lindo — concordou Denis. — Mas e quanto aos contatos humanos desejáveis, como o amor e a amizade?

A silhueta preta contra a escuridão balançou sua cabeça:

— Muito se exagera os prazeres até mesmo desses contatos — disse a voz educada e equânime. — Parece-me improvável que sejam iguais aos prazeres da leitura e da contemplação privadas. Os contatos humanos sempre foram tão valorizados no passado apenas porque a leitura não era um talento comum e porque os livros eram escassos e difíceis de reproduzir. O mundo, você há de lembrar, está só agora tornando-se letrado. Conforme a leitura se tornar algo cada vez mais habitual e mais difundido, um número crescente de pessoas descobrirão que os livros lhes darão todos os prazeres da vida social e nenhum de seus tédios intoleráveis. No presente, pessoas em busca de prazer naturalmente tendem a se congregar em grandes rebanhos e a fazer barulho; no futuro, sua tendência natural será buscar a solitude e o silêncio. O devido estudo da humanidade são os livros.

— Às vezes acho que pode ser isso mesmo — disse Denis; ele se indagava se Anne e Gombauld ainda dançavam juntos.

— Em vez disso — disse o sr. Wimbush, com um suspiro —, devo ir ver se está tudo bem na pista de dança.

— Os dois se levantaram e começaram a caminhar devagar na direção do clarão branco. — Se todas essas pessoas estivessem mortas — prosseguiu Henry Wimbush —, esta festividade seria extremamente agradável. Nada seria mais prazenteiro do que ler num livro bem escrito sobre um baile ao ar livre que aconteceu no século passado. Que encantador!, alguém poderia dizer; que lindo e que divertido! Mas quando o baile acontece no presente, quando a pessoa está envolvida nele, aí se vê a coisa pelo que ela realmente é. No fim, não passa disso. — Ele gesticulou com a mão na direção das chamas de acetileno. — Na minha juventude — prosseguiu, após uma pausa —, eu me flagrei, deveras fortuitamente, envolvido numa série de intrigas amorosas das mais fantasmagóricas. Um romancista poderia ter feito fortuna com elas, e mesmo se fosse eu a lhe contar os detalhes dessas aventuras, em meu estilo despojado, você ficaria deslumbrado com essas narrativas românticas. Mas eu lhe garanto, enquanto elas aconteciam (essas aventuras românticas), pareciam-me não mais nem menos emocionantes do que qualquer outro incidente da vida real. Subir uma escada de cordas até a janela do segundo andar de uma casa antiga em Toledo, à noite, me parecia, enquanto eu de fato realizava essa proeza um tanto perigosa, um gesto tão óbvio a ponto de eu não dar nada por ele. Era (como posso dizer?) tão cotidiano quanto pegar o trem das 8h52, saindo de Surbiton, para trabalhar numa manhã de segunda-feira. As aventuras e o romance assumem suas qualidades aventureiras e românticas apenas indiretamente. Quando as vivemos, tornam-se mera fatia da vida como todas as outras. Na literatura viram algo tão encantador quanto este baile pavoroso seria se estivéssemos celebrando o seu tricentenário. — Os dois haviam chegado à entrada da área encordoada e ficaram parados ali, piscando os olhos sob a luz ofuscante. — Ah, quem dera estivéssemos! — acrescentou Henry Wimbush.

Anne e Gombauld ainda dançavam juntos.

Capítulo XXIX

Passava das dez horas. Os dançarinos já haviam se dispersado e as últimas luzes estavam sendo apagadas. As barracas seriam desarmadas no dia seguinte, e o carrossel desmontado seria embarcado nas carroças para ser levado embora. Uma vastidão de grama surrada, um torrão marrom e desmazelado no meio do vasto verde do parque, seria tudo que restaria. Era o fim da Feira de Crome.

Na beirada da piscina, duas figuras se demoravam.

— Não, não, não — dizia Anne com um sussurro resfolegante, inclinando-se para trás e virando a cabeça de um lado para o outro, numa tentativa de fugir dos beijos de Gombauld. — Não, por favor. Não. — Seu tom de voz elevado tornara-se imperativo.

Gombauld relaxou um pouco o seu abraço.

— Por que não? — disse. — Eu quero.

Com um esforço súbito, Anne se libertou.

— Mas não vai — retorquiu. — Tentou se aproveitar de mim do modo mais injusto.

—Aproveitar? Injusto? — ecoou Gombauld, com surpresa genuína.

— Sim, aproveitar-se de modo injusto. Você me ataca após eu passar duas horas dançando, enquanto ainda estou inebriada de tanta movimentação, quando já perdi a cabeça e não tenho mais mente, apenas um corpo rítmico! É tão ruim quanto fazer amor com alguém que você tenha drogado ou embriagado.

Gombauld deu uma risada de raiva.

— Vai lá, então, e me chama de proxeneta de uma vez.

— Por sorte — disse Anne —, já estou completamente sóbria agora, e se tentar me beijar de novo, vou dar-lhe um bofetão nas orelhas. Vamos dar umas voltas em torno da piscina? — acrescentou. — A noite está uma delícia.

A resposta de Gombauld foi um ruído irritado. Os dois foram caminhando, lado a lado, devagar.

— O que eu gosto na pintura de Degas... — começou Anne a divagar com um tom de voz mais desapegado e coloquial.

— Ah, pro inferno com Degas! — Gombauld quase gritava.

De onde Denis estava, apoiado com uma atitude de desespero contra o parapeito do terraço, ele os vira, as duas figuras pálidas num trecho enluarado, lá embaixo, à beira da piscina. Vira o princípio do que prometia ser um abraço infinitamente apaixonado e fugira daquela visão. Era demais, não tinha como aguentar. Mais um momento que se passasse, sentia, e teria irrompido num surto incontrolável de lágrimas.

Correndo cegamente para dentro da casa, ele quase trombou com o sr. Scogan, que andava de um lado para o outro no corredor, dando as últimas tragadas no cachimbo.

— Ei! — disse o sr. Scogan, apanhando-o pelo braço. Atordoado e sem consciência do que fazia ou onde estava, Denis ficou parado ali por um momento, feito um sonâmbulo. — O que foi? — prosseguiu o sr. Scogan. — Você me parece perturbado, aflito, deprimido.

Denis negou com a cabeça, sem responder.

— Preocupado com o cosmos, não é? — O sr. Scogan lhe deu um tapinha no braço. — Sei como é — disse. — É um sintoma dos mais aflitivos. "Qual é o sentido disso tudo? Tudo é vaidade. De que serve continuar funcionando quando se está condenado a ser erradicado, no fim, junto de todas as outras coisas?" Sim, sim. Sei exatamente como você se sente. É mais aflitivo quando a gente se permite ficar aflito. Mas também, por que se permitir uma coisa dessas? Afinal, todos sabemos que não há propósito nenhum no fim. Então que diferença isso faz?

Naquele momento, o sonâmbulo despertou de repente.

— O quê? — questionou, piscando os olhos e franzindo a testa diante do interlocutor. — O quê? — E então, afastando-se, correu escadaria acima, dois degraus por vez.

O sr. Scogan correu até a base da escadaria e ergueu a voz na direção dele.

— Não faz diferença, nenhuma diferença que seja. A vida é feliz ainda assim, sempre, sob quaisquer circunstâncias... sob quaisquer circunstâncias — acrescentou, erguendo a voz até virar um grito. Porém Denis já estava distante e fora de alcance, e mesmo que não fosse o caso, sua mente naquela noite estava à prova de todas as consolações da filosofia. O sr. Scogan recolocou o cachimbo entre os dentes e retomou seu vai e vem meditativo.

— Sob quaisquer circunstâncias — repetiu para si mesmo. Era agramatical, para começo de conversa; mas será que era verdade? E será que a vida é mesmo sua própria recompensa? Ele se perguntava. Quando o cachimbo queimara até alcançar sua fedorenta conclusão, tomou um gole de gim e foi se deitar. Em dez minutos, já estava num sono profundo e inocente.

Denis se despira de modo mecânico e, trajando aquele pijama florido de seda do qual tinha tanto orgulho, com razão, estava deitado de bruços na cama. O tempo passou. Quando enfim voltou o olhar para cima, a vela que havia deixado acesa na cabeceira da cama queimara até quase o bocal do recipiente. Olhou o relógio de pulso; era quase uma e meia da manhã. Sua cabeça doía, seus olhos secos e insones davam a impressão de que algo os machucara por dentro, e o sangue pulsava em seus ouvidos feito um estrondoso tambor arterial. Ele se levantou, abriu a porta e saiu sem fazer barulho, na pontinha dos pés, pela passagem, e começou a subir as escadas na direção dos andares superiores. Ao chegar aos alojamentos dos criados no último nível, hesitou e depois, virando à direita, abriu uma portinha no fim do corredor. Lá dentro havia um depósito semelhante a um armário, escuro como breu, quente, abafado e com cheiro de poeira e couro velho. Avançou breu adentro, com cautela, tateando. Era daquela toca que as escadas subiam até as placas de chumbo da torre oeste. Encontrou a escada de mão e botou os pés nos degraus; sem fazer barulho, abriu o

258 ALDOUS HUXLEY

alçapão sobre sua cabeça; com o céu enluarado acima, respirou o ar brando e fresco da madrugada. No momento seguinte, estava em pé sobre as placas, admirando a paisagem obscura e incolor e olhando perpendicularmente para baixo, para o terraço a vinte metros de distância.

Por que subira até aquele lugar tão alto e desolado? Era para admirar a lua? Para cometer suicídio? Por ora, nem sequer sabia o motivo. A morte — seus olhos marejaram ao pensar nisso. Seu sofrimento assumiu uma certa solenidade; ele foi alçado sobre as asas de um tipo de exaltação. Era um ânimo no qual poderia ter feito quase qualquer coisa, por mais tola que pudesse ser. Avançou na direção do parapeito mais distante; era uma queda direta dali, ininterrupta. Um bom salto e talvez ultrapassasse o terraço estreito e assim percorresse mais uns dez metros antes de tombar no chão cozido pelo sol lá embaixo. Parou no canto da torre, olhando ora para o abismo sombrio lá embaixo, ora para as estrelas raras e a lua minguante. Fez um gesto com a mão, murmurou algo, não conseguiria depois lembrar o quê; mas o fato de dizê-lo em voz alta conferiu a essa fala um significado peculiarmente terrível. Depois olhou para baixo mais uma vez, sondando as profundezas.

— O que você está *fazendo*, Denis? — indagou uma voz de algum lugar atrás dele, bem perto.

Denis soltou um grito apavorado de surpresa e por pouco não caiu a sério do parapeito. Seu coração batia num ritmo terrível, e estava pálido quando, após recuperar-se, virou na direção de onde a voz viera.

— Está doente?

Na sombra profunda que dormia sob o parapeito leste da torre, ele avistou algo que não havia reparado antes — uma silhueta retangular. Era um colchão e havia uma pessoa deitada nele. Desde aquela primeira noite memorável sobre a torre, Mary dormira fora todas as noites; era um tipo de manifestação de fidelidade.

— Que susto — prosseguiu ela —, acordar e ver você agitando os braços e algaraviando aí. O que diabos está fazendo?

Denis deu uma risada melodramática.

— O quê, de fato! — disse. Se ela não tivesse acordado, Denis teve certeza, naquele momento ele estaria na base da torre, aos pedaços.

— Não tinha segundas intenções comigo, tinha? — inquiriu Mary, tirando conclusões precipitadas extremamente rápido.

— Não sabia que você estava aqui — disse Denis, com uma risada ainda mais amarga e artificial do que antes.

— O *que* foi, Denis?

Ele se sentou na beirada do colchão e sua única resposta foi continuar rindo com aquele mesmo tom de voz pavoroso e improvável.

Uma hora depois, repousava com a cabeça nos joelhos de Mary, e ela, com uma solicitude afetuosa que era inteiramente maternal, corria os dedos pelo seu cabelo embaraçado. Ele lhe contara tudo, tudo: seu amor desesperançado, seus ciúmes, seu desespero, seu suicídio — providencialmente evitado graças à interferência dela, no fim das contas. Ele fizera a promessa solene de jamais pensar em autodestruição novamente. E agora sua alma flutuava numa serenidade tristonha, embalsamada pela compaixão que Mary derramava sobre ele com tamanha generosidade. E não era só em receber essa compaixão que Denis encontrava serenidade e até mesmo um tipo de felicidade; mas também em oferecê-la. Pois, se contara para Mary tudo a respeito de suas agruras, Mary, reagindo a essas confidências, contara-lhe de volta tudo, ou quase tudo, a respeito das suas.

— Minha pobre Mary! — Ele sentia muito por ela. Ainda assim, talvez ela pudesse ter imaginado que Ivor não era exatamente um monumento de constância.

— Bem — concluiu ela —, é preciso encarar tudo com um sorriso. — Ela queria chorar, mas não iria se permitir esse momento de fraqueza. Fez-se um silêncio.

— Você acha — perguntou Denis, hesitante —, você acha mesmo que ela... que Gombauld...

— Tenho certeza. — Mary deu uma resposta decisiva. Fez-se outra longa pausa.

— Não sei o que fazer a respeito — ele enfim respondeu, totalmente arrasado.

— É melhor você partir — aconselhou Mary. — É a coisa mais segura a se fazer, a mais razoável.

— Mas combinei de ficar aqui mais três semanas.

— Deve pensar numa desculpa.

— Imagino que tenha razão.

— Sei que tenho — disse Mary, que recuperava todo o seu firme autocontrole. — Não dá para continuar assim, não é?

— Não, não posso continuar assim — repetiu ele.

Com sua imensa praticidade, Mary inventou um plano de ação. Sobressaltadamente, no escuro, o relógio da igreja bateu as três horas da manhã.

— Melhor você ir se deitar — disse ela. — Não fazia ideia de que já estava tão tarde.

Denis desceu pela escada de mão pisando com cautela nos degraus rangentes. Seu quarto estava escuro; a vela havia muito derretera até extinguir-se. Subiu na cama e adormeceu quase que na hora.

Capítulo XXX

Denis fora chamado, porém, apesar das cortinas abertas, caíra de novo naquele estado sonolento e atordoado quando o sono se torna um prazer sensorial que é saboreado quase conscientemente. Nesta condição poderia ter permanecido mais uma hora se não tivesse sido perturbado por uma batida violenta à porta.

— Pode entrar — murmurou, sem nem abrir os olhos. O trinco fez um clique, e uma mão o agarrou pelo ombro e o sacudiu com rudeza.

— Levanta, levanta!

Suas pálpebras piscaram, dolorosamente separadas, e viu Mary em pé à sua frente, com o rosto radiante e zeloso.

— Levanta! — repetiu. — Precisa sair para enviar o telegrama. Lembra?

— Ai, meu Deus! — Ele jogou para longe a roupa de cama; seu algoz se retirou.

Denis se vestiu o mais rápido que pôde e correu pela estrada até o correio da vila. Havia uma incandescência de satisfação dentro de si ao retornar. Enviara um longo telegrama, que evocaria, dentro de algumas horas, uma resposta com ordens para que voltasse de imediato à cidade — um negócio urgente. Era um ato realizado, um passo decisivo — e era tão raro para ele dar passos decisivos; sentia-se contente consigo mesmo. Foi com um apetite aguçado que chegou à mesa do café da manhã.

— Bom dia — disse o sr. Scogan. — Espero que esteja melhor.

— Melhor?

— Você estava um tanto preocupado com o cosmos na noite passada.

Denis tentou desconsiderar a acusação com uma risada.

— Estava mesmo? — perguntou, de leve.

— Eu bem que queria — disse o sr. Scogan — não ter nada pior do que isso para atormentar a minha mente. Seria um homem feliz.

— Só se é feliz agindo — pronunciou Denis, pensando no telegrama.

Ele olhou pela janela. Grandes nuvens buriladas e rebuscadas flutuavam lá em cima no céu azul. Um vento se agitava entre as árvores, e sua folhagem balançante cintilava e reluzia como metal sob o sol. Tudo parecia maravilhosamente belo. Ao pensar que logo deixaria para trás toda aquela beleza, sentiu uma pontada momentânea; mas se reconfortou ao lembrar do modo decisivo como estava agindo.

— Agindo — repetiu em voz alta. Depois, indo ao aparador, serviu-se de uma mistura agradável de peixe e bacon.

Terminado o café, Denis foi ao terraço e, sentando-se lá, ergueu o vasto bastião do *The Times* contra as possíveis investidas do sr. Scogan, que demonstrava um desejo insaciado de prosseguir falando do Universo. Seguro atrás das páginas farfalhantes, ele meditava. À luz daquela manhã brilhante, as emoções da noite anterior pareciam um tanto remotas, de algum modo. E daí que vira os dois se abraçando sob o luar? Talvez não significasse coisa alguma, no final das contas. E, mesmo que significasse, por que ele não deveria ficar? Sentia-se forte o suficiente para ficar, forte o suficiente para ser alguém distante, desinteressado, um mero conhecido amigável. E mesmo se não fosse forte o suficiente...

— A que horas você acha que o telegrama vai chegar? — perguntou Mary de repente, intrometendo-se no seu espaço por cima do jornal.

Denis meneou, suspeitosamente.

— Não tenho a menor ideia.

— Eu só estava querendo saber — disse Mary — porque tem um trem ótimo às 15h27 e seria bom se você conseguisse pegá-lo, não?

— Seria bom demais — concordou ele, debilmente.

Tinha a sensação de que fazia os arranjos para o próprio funeral. O trem parte de Waterloo às 15h27. Sem flores... Mary saíra de perto. Não, de jeito nenhum que se deixaria ser levado às pressas à necrópole dessa forma. De jeito nenhum. A visão do sr. Scogan olhando para fora da sala de visitas, com uma expressão voraz, fê-lo levantar precipitadamente o *The Times* mais uma vez. Manteve-o levantado por muito tempo. Abaixando-o enfim para dar outra espiadela cautelosa nos arredores, ele se flagrou — com estarrecimento enorme! — confrontado pelo sorriso vago e malicioso de Anne, um sorriso de quem está achando graça. Ela estava de pé diante dele, aquela mulher que era uma árvore, a graça bamboleante de seus movimentos congelada numa pose que, por si só, já parecia movimento.

— Há quanto tempo está parada aí? — perguntou, assim que conseguiu fechar a boca.

—Ah, cerca de meia hora, imagino — disse ela, aérea. — Você estava tão compenetrado com o seu jornal... enfiado nele até as orelhas... que eu não queria atrapalhar.

— Você está encantadora esta manhã — exclamou Denis. Era a primeira vez na vida que ele tivera coragem de dar voz a um comentário íntimo desse tipo.

Anne levantou a mão como quem se esquiva de um golpe.

— Por favor, não me massacre. — Sentou-se ao lado dele no banco. Ele era um rapaz querido, ela pensou, deveras charmoso; e as insistências violentas de Gombauld estavam, de fato, tornando-se bastante enfadonhas. — Por que não está usando as calças brancas? — perguntou. — Gosto muito de você de calças brancas.

— Estão para lavar — respondeu Denis, um tanto brusco. Esse assunto todo de calça branca ia para o caminho errado. Ele preparava um esquema para manobrar a conversa de volta ao trilho certo quando o sr. Scogan de repente saiu em disparada da casa, atravessando o terraço com uma rapidez mecânica até parar diante do banco no qual os dois estavam sentados.

— Para continuar a nossa conversa interessante sobre o cosmos — disparou a falar. — Estou cada vez mais convencido de que as várias partes da inquietação são fundamentalmente discretas... Mas será que você se incomoda, Denis, de dar um pulinho para a direita? — Ele se enfiou entre os dois no banco. — E se você puder se mexer um tantinho para a esquerda, minha querida Anne... Obrigado. Discretas, acho, era o que eu dizia.

— Você dizia — disse Anne.

Denis estava sem palavras.

Eles tomavam o café de depois do almoço, na biblioteca, quando chegou o telegrama. Denis se viu corado de remorso quando apanhou o envelope laranja da bandeja para abri-lo com um rasgo. "Retorne já. Questão familiar urgente." Era ridículo demais. Como se ele tivesse qualquer questão familiar! Será que não seria melhor só amassar aquilo e botar no bolso sem dizer nada a respeito? Ele ergueu o olhar; os grandes olhos azuis de porcelana de Mary estavam fixos nele, sérios e penetrantes. Corou mais profundamente do que nunca e hesitou numa incerteza horrenda.

— Sobre o que é o seu telegrama? — perguntou Mary, com um tom de importância.

Ele perdeu a cabeça.

— Receio — murmurou —, receio que ele significa que preciso voltar imediatamente à cidade. — Franziu o cenho com ferocidade para o telegrama.

— Mas isso é absurdo, é impossível — reclamou Anne. Ela estava de pé perto da janela, conversando com Gombauld; mas, ao ouvir as palavras de Denis, atravessou o cômodo toda bamboleante na direção dele.

— É urgente — repetiu ele, desesperado.

— Mas você está aqui há tão pouco tempo — protestou Anne.

— Eu sei — disse ele, completamente infeliz. Ah, se apenas ela pudesse entender! Esperava-se das mulheres que fossem mais intuitivas.

— Se ele tem que ir, ele tem que ir — contribuiu Mary, com firmeza.

— Sim, eu tenho. — Ele olhou para o telegrama mais uma vez, buscando inspiração. — Veja, é uma questão urgente de família — explicou.

Priscilla se levantou da cadeira, um tanto emocionada.

— Tive um distinto pressentimento disso na noite passada — disse. — Um distinto pressentimento.

— Uma mera coincidência, sem dúvida — disse Mary, enxotando a sra. Wimbush da conversa. — Há um trem ótimo às 15h27. — Ela olhou para o relógio sobre a moldura da lareira. — Terá tempo de sobra para fazer as malas.

— Vou mandar pegarem o carro imediatamente. — Henry Wimbush soou o sino. O funeral já estava em andamento. Era medonho, medonho.

— Estou devastada que você tenha que ir — disse Anne.

Denis se virou para ela; parecia devastada mesmo. Ele se entregou, desesperançosa e fatalisticamente, ao seu destino. Era nisso que dava quando se agia, quando se fazia algo decisivo. Ah, se apenas tivesse deixado as coisas fluírem! Se apenas...

— Sentirei falta de suas conversas — disse o sr. Scogan.

Mary olhou para o relógio mais uma vez.

— Acho que talvez você deva ir fazer as malas — disse.

Denis saiu, obediente, da biblioteca. Nunca mais, disse a si mesmo, nunca mais na vida faria algo decisivo de novo. Camlet, West Bowlby, Knipswich for Timpany, Spavin Delawarr; e depois todas as outras estações até, finalmente, chegar à Londres. Só de pensar na jornada já esmorecia. E o que diabos iria fazer em Londres assim que chegasse? Subiu as escadas, exausto. Era hora de se deitar no seu caixão.

O carro estava à porta — o rabecão. O grupo todo tinha se reunido para vê-lo partir. Tchauzinho, tchauzinho. Com um gesto mecânico, deu um tapinha no barômetro pendurado na varanda; a agulha se mexeu perceptivelmente para a esquerda. Um sorriso repentino iluminou seu rosto lúgubre.

— "Ela afunda, e estou pronto para ir" — disse, citando Landor, com uma pertinência primorosa. Olhou ao redor depressa, de semblante em semblante. Ninguém percebera. Subiu no rabecão.

{fim}

ESTE LIVRO, COMPOSTO NA FONTE FAIRFIELD,
FOI IMPRESSO EM PAPEL IVORY SLIM 65G/M², NA COAN.
TUBARÃO, BRASIL, JUNHO DE 2024.